空挺Dragons
原作・插畫 桑原太矩
小說 橘もも

空挺Dragons

輕文學

Light Literature

目次

序章

——看來事情麻煩了。

瓦娜貝爾抱起裝了火裂槍的捕龍槍，將劍佩在腰間，來到甲板上，準備安裝炸裂彈。平時的基本做法是先發射鑽叉抓住龍，再沿著繩子爬到牠身上，給予致命一擊。不過，光靠瓦娜貝爾一個女人，當然做不了這麼多事。現在該以擊退為優先，而非捕獲。既然如此，或許用不著鑽叉。

——我做得到嗎？

過去她並不是沒有獨自屠龍的經驗，不過，現在她才體認到有人掩護能夠帶來多大的安心感。

聞起來好好吃——換作是他，大概會在緊張之前先說這句話吧？一思及此，瓦娜貝爾忍不住吸了吸鼻子。

前方是峨然矗立的雲柱。小時候——還待在地上的時候，瓦娜貝爾每次看見積雲，都會興奮地大叫：「好像蛋白霜喔！」母親的廚藝並不高明，不過代替母親照顧自己的慈塔常會親手烤餅乾給她當點心吃，而瓦娜貝爾最喜歡的，就是擠上了軟綿綿蛋白霜的檸檬派。

因此，至今瓦娜貝爾一看見雲柱，一瞬間仍會產生熟悉的柑橘香撲鼻而來的錯覺，彷彿回到了幸福甜蜜的過去一般。不過，這種錯覺隨即被火藥味消滅，瓦娜貝爾的意識又被拉回現實。手上捕龍槍的重量，告知瓦娜貝爾「家」在何方。

這裡是昆・薩札號，追尋翱翔天空的龍，天南地北、無邊無際地在空中旅行的捕龍船。現在的自己不再是年幼無邪的瓦娜貝爾大小姐，而是四處漂泊、漫遊天際的浮萍，捕龍人瓦妮。

——我得保護現在的家。

瓦娜貝爾斥責難得軟弱的自己，緩緩地吸了口氣。

獵物已經逼近眼前。

第一章

「瓦妮姊，怎麼辦？」

平時總是活潑開朗的她今早卻是一臉焦急，連聲音都在發抖。瓦娜貝爾瞥了手邊的鍋子一眼，停下動作。淡桃紅色的泡泡接二連三冒出來，甘甜的香味在廚房裡微微飄盪著。這種莫爾斯果汁，是在餐勤長阿義做好的越橘果醬和蔓越莓果醬裡加入水和砂糖煮沸而成的，再怎麼缺乏食欲，應該也喝得下吧。分量應該夠大家喝——瓦娜貝爾正要回過頭來如此告知時，發現塔姬姐的嘴唇抿成了一條線，不禁閉上嘴巴。瓦娜貝爾看得出臉色發青、聲音和全身都在微微打顫的塔姬姐，已經快要因不安而崩潰了。這種時候需要的或許不是言語，而是溫暖。瓦娜貝爾如此暗想，伸手去摸個子比自己矮小的塔姬姐的頭，但是塔姬姐一察覺她的動作，便反射性地往後退開。見了塔姬姐濕潤的雙眸，瓦娜貝爾的表情倏地僵硬起來。

「……塔姬姐，妳……」

瓦娜貝爾喚道，塔姬妲緊緊地閉上眼睛。瓦娜貝爾再次向塔姬妲伸出手，這次她不再逃走了。

光是以指尖觸碰，便從額頭感受到不尋常的熱度，可知塔姬妲的身體正受到病魔侵蝕。

「對不起。」

塔姬妲喃喃說道，腦袋晃了一晃，膝蓋也跟著軟下來。瓦娜貝爾在她倒下之前及時抱住她瘦小的身子。塔姬妲幾乎失去意識，但還是微微抵抗，試圖離開瓦娜貝爾的懷抱。

「不行，會傳染給妳。」

「不要緊……沒事的。」

說著，瓦娜貝爾關掉了火，背起塔姬妲。帶著熱度的氣息吹到耳朵上。她是從什麼時候開始強忍的？粗心大意的自己居然完全沒發現。瓦娜貝爾很想咂舌，可是忍住了，因為不想引發塔姬妲的罪惡感。瓦娜貝爾背著呼吸淺短的塔姬妲來到船艙，讓她在床上躺下。一再喃喃囈語著「對不起」的塔姬妲教人心痛。

——這下子只剩下三個人了。

瓦娜貝爾撩起瀏海，嘆了口氣。她以為自己壓低了聲音，但是小小的嘆息聲聽起來卻格外響亮。這也是當然，因為平時處處笑語的船內已然失去生氣，無論是倉促的腳步聲或是男人的汗水味，全都消失無蹤。

昆・薩札號正面臨航行史上前所未見的異常事態。

起先是吉布斯。

留著大鬍子，滿臉橫肉，體格壯碩，深受船員信賴的船長。

雖然吉布斯長得一副與病痛無緣的模樣，但那並不是他第一次說肚子痛。屠龍之後不眠不休地守著飛行船瞭望台三天三夜，對他而言是家常便飯；正因為對自己的體力充滿自信，他有時會誤判自己的狀態。有一回身體不適，他認為只要補充營養就會好，便吃了富含油脂的龍肉，對於虛弱的腸胃可說是雪上加霜，結果在床上躺了好一陣子。當然，為了他的名譽著想，必須補充說明：這種狀況一年頂多發生一次。

因此，當吉布斯蹲在地上說他肚子痛的時候，瓦娜貝爾並未當一回事。不光是瓦娜貝爾，阿義、代理船長克洛柯和會計李也都沒當一回事。就連過了半天以後，吉布斯說他發燒、頭痛時，大家也只是苦笑，說他太不愛惜自己的身體。阿義煎了帖加了

乾燥龍肝的中藥給吉布斯喝，換作平時，喝了這帖藥後，只要睡上一天半，毒素就會隨著汗水一起排出體外。

然而，過了兩、三天，吉布斯的燒依然沒退；非但如此，連菲和索拉亞也出現同樣的症狀，發高燒病倒了。

他們兩個常和吉布斯鬼混，大概是一起偷吃了什麼壞掉的東西吧——如此苦笑的阿義眼中帶有不安之色。他似乎懷疑是食物中毒，把食材全都仔仔細細地檢查過一遍，並比平時更加嚴格地執行衛生管理。看著他那認真的側臉，瓦娜貝爾也不好說他是過度擔心。

事實上，疫情擴大了。

尼柯和歐肯，克洛柯和達古老爹，巴柯和巴達金。

身強體壯的人一個接一個病倒，阿義的臉色也一天比一天蒼白。瓦娜貝爾並不認為伙食有問題。捕獲龍之後，船上確實變得忙碌許多，但是她敢斷言船內並未因此變得髒亂。其他船員也都是這麼想，沒有人責怪或懷疑阿義。然而，緊張感節節攀升。是吃了不該混在一起吃的東西嗎？還是染上難治的感冒？倘若是後者，鐵定是種十分強力的感染症。

「沒想到大家腸胃這麼弱。」

米卡一面吃肉，一面悠悠哉哉地說道。他去裝了碗早餐剩下的湯來當點心喝。

「新鮮的肉要快點吃完，不然會壞掉。無可奈何，我就勉為其難地把大家的份一併解決掉吧。」

「你只是自己想吃而已吧！而且你平時也沒客氣過！」

米卡故意說這番話，引得年少的吉洛反唇相譏。不過大家心裡都明白，米卡這麼做是為了寬慰阿義。雖然那張大口吃肉的側臉看起來一臉陶醉，讓人不禁懷疑他果然只是貪吃而已。但是，再怎麼吃都安然無恙的米卡，確實讓阿義稍微打起精神來了。

因此，瓦娜貝爾很慶幸米卡是在阿義之後病倒的。

即使面如土色還是想偷吃燉菜的米卡固然精神可嘉，但是冷汗直流的他，狀態顯然非比尋常。瓦娜貝爾和塔姬姐合力將他拉進船艙，強逼他躺回床上。「是不是該用繩子綁住他的手腳？」塔姬姐的提議相當誘人，不過瓦娜貝爾最後還是作罷。米卡已經失去大半體力，用不著這麼做。

如此這般，吉布斯病倒不到一個禮拜，昆・薩札號上的所有男人全都染上怪病，無一倖免。

「這下子可傷腦筋了……」

在泛黑的油燈照亮的艦橋上，掌舵的卡佩拉拉長了聲音說道。平時總是在身邊發號施令的克洛柯不在，竟會如此令人悵然若失，讓瓦娜貝爾驚訝不已。

「這代表我們也隨時可能會病倒嗎？雖然現在半點跡象也沒有。」

技師梅茵一面啜飲熱巧克力，一面用同樣缺乏緊張感的聲音說道。她把工作時必定戴著的帽子放在地板上，攤開雙腿坐下來。

包含塔姬妲在內的四個飛行船上的女人都還活蹦亂跳，所以瓦娜貝爾一直以為只有男人才會生這種病。然而，現在塔姬妲也病倒了，才知道這是她一廂情願的看法。

「要是連卡佩拉都中鏢，我們大概就完蛋了吧？」

「妳別烏鴉嘴行不行？」

「到時候，梅茵，昆．薩札號就交給妳了。妳是技師，操作機械是妳的看家本領吧？」

「知道構造和知道怎麼操作是兩回事。」

瓦娜貝爾倚牆而立，邊聽著兩人鬥嘴，邊喝梅茵替她沖泡的熱巧克力。光聞香味，就知道裡頭加了許多萊姆酒，而且是平時阿義藏在廚房裡的高檔貨。別的不說，無論品質好壞，巧克力在船上是種拿來吃都嫌過於奢侈的食物，可以拿來喝嗎？倘若這麼問，梅茵鐵定會毫不慚愧地回答：「光靠我們幾個就要照顧一整艘船和病人，壓力很大，犒賞自己是應該的！」面對在這種非常事態之下依然不肯安分的兩人，瓦娜貝爾忍不住發笑。

「我們現在是飛向內貝爾市吧？」

瓦娜貝爾詢問，卡佩拉點了點頭。

「對，因為那裡最近。其實前頭還有個小鎮，不過我記得那裡沒有大醫院，只有一、兩個中醫。」

「……畢竟這不像是普通的感冒。」

她們無法承擔讓感染症在醫療設備不完善的小鎮裡擴散開來的風險。聽了瓦娜貝爾說的話，卡佩拉微微地嘆一口氣。

「腦病變很恐怖，其實我巴不得早一刻落地，替大家弄些退燒藥。」

「沒問題啦！我們船上的男人沒這麼容易掛掉。當然，塔姬姐也一樣。」

梅茵這番開朗的話語放鬆了瓦娜貝爾緊繃的臉頰。

「是啊，偶爾也該讓他們乖乖躺著休息。」
「搞不好等我們抵達內貝爾的時候，他們已經好了。」
雖然知道這些話只是自我安慰，但是三個人一起拌嘴，確實稍微緩和了沉重的氣氛。
包含吉布斯在內，初期便病倒的船員們，體溫已經穩定下來，但是距離正常水準仍有一段距離，還不能起身活動。然而，退燒藥就快見底了，光靠船上的糧食又不足以補充所需營養，必須盡早降落才行。只不過，任憑她們再怎麼著急，能做的事畢竟有限，現在只能祈禱大家的體力能夠撐到落地的那一刻。
「什麼時候能到？」
「還要兩天半……不，三天。雖然很想全速前進，可是不知道引擎什麼時候會開始鬧脾氣。破船就是這一點不好。」
「要是克洛柯大哥聽到，他又會發脾氣喔。」
「沒關係、沒關係，反正現在天高皇帝遠。」
「哈哈！不過，不要緊，就飛三天吧。我會讓引擎撐到那時候的。」
「哎呀，梅茵，要是妳太亂來，會挨達古老爹罵吧？」

「別被發現就行了。」

梅茵滿不在乎地說道，又加了一句：

「話說回來，最大的問題是如何冷卻引擎。引擎總是很快就過熱。」

「沒辦法，船上的男人也是這副德行。」

「就像夫妻在一起生活久了，長得就會越來越像。哎，就是這樣，我會守在機艙裡。稍不注意就立刻搗亂這一點，也和那些傢伙一模一樣。」

「杯子我來洗吧，待會兒我會送飯過去。」

瓦娜貝爾從幹勁十足地站起來的梅茵手中接過馬克杯。

梅茵戴上帽子，露出了賊笑說：

「糧艙裡有生火腿，阿義大哥大費周章發酵的。」

「這麼一提，他之前喜孜孜地說過，在上次去的小鎮裡買到了上好的奶油乳酪。」

卡佩拉的雙眸在眼鏡底下閃閃發光。瓦娜貝爾了然於心，點了點頭。

「我會夾在長棍麵包裡送過去，這樣吃起來比較方便。」

「好耶！」

「瞭望台就交給妳了。不過，可別操勞過度啊。」

「妳們兩個也一樣。」

她們互望一眼，各自返回崗位上。

只怕引擎還沒出問題，大夥的體力就先撐不住了——這樣的不安三人都有。不過，即使在這種堪稱絕望的狀況下，瓦娜貝爾依然相信大家一定能夠平安過關。這全是因為有這兩個無論何時都不會放棄職務，也不會喪失食欲的人陪在身旁之故。

白色氣息在幽暗的湛藍夜色裡裊裊上升。即使披著披肩，瞭望台上還是冷得連指尖都凍僵了。太陽已然下山，不見蹤影，只有染成淡桃紅色的地平線宣揚著它的存在。拓展於腳下的雪山，感覺比平時更加耀眼，螺旋槳捲動風的聲音聽起來也格外響亮。瓦娜貝爾宛若初次搭船的小孩一般，覺得眼前所見景象充滿了新鮮的驚奇感。

她知道原因出在平時總是並肩佇立的塔姫妲不在身旁。

——哇！瓦妮姊，妳看，天空變成漸層色的耶！之前是暗紅色的，今天卻是粉紅色！呀，雪下得好大，難怪這麼冷。今天幾乎沒有雲，天空很乾淨，這代表龍出現的機率很低，對吧？米卡大哥說過龍會把雲帶來，是真的嗎？話說回來，祝禱詞裡確實也有提到雲。妳覺得呢？瓦妮姊。

瓦娜貝爾不愛聒噪，不過她從不覺得話多的塔姬妲煩。她自知比一般人沉默寡言，也不愛談論自己，然而不知何故，和塔姬妲獨處的時候，她總是自然而然地變得多話起來。現在依然睡不安穩的塔姬妲的睡臉閃過腦海，瓦娜貝爾希望她早點好起來。在抵達內貝爾市之前，如果有其他船隻經過，或許可以請對方分點藥品。瓦娜貝爾環顧天空的每個角落，不願意放過任何線索。

瓦娜貝爾突然想起來，那時候也是這樣的向晚天空。

她第一次搭上昆．薩札號的時候。

瓦娜貝爾是偷渡客。無處可去的她，偷偷溜上了停泊在陸地上的飛船。雖然船身諸多損傷、看起來老舊殘破，但是有錢人的船戒備森嚴，就算運氣好混進船上，一旦被發現，髒兮兮的瓦娜貝爾不是被無情地扔下船，就是被當成小偷交給警察。如果是這艘和自己一樣髒兮兮的船，船上的人或許會手下留情。

現在回顧往事，才知道自己曾在無意識間如此算計，不過當時的瓦娜貝爾只覺得餓得難受，有食物果腹就行。在儲藏庫裡偷吃乳酪而被米卡發現前的整整一天半，瓦娜貝爾都屏氣斂聲地躲著，隨著船搖來晃去。遠處傳來的笑聲往往在吃飯時間變得更加熱鬧，足可窺知這艘船上的人，多麼重視大家共度的時光。

好溫暖的船。

雖然船員都是些粗魯無文的男人，怎麼也稱不上高雅。

這是自她顛沛流離以來，頭一次帶著微笑，而不是帶著淚水夢見失去的事物。

被米卡帶離儲藏庫，經過走廊的時候，可以從圓窗看見天空。當時的天空也是這樣，冰涼的青色中潛藏著太陽的熱氣。抵達下一片陸地時，她不想下船，或許正是因為當時的溫暖滲進了骨子裡吧。

所以，現在獨自站在連吵架聲都聽不見的昆．薩札號瞭望台，感覺好寂寞。思及此，瓦娜貝爾不禁露出苦笑。寂寞？原來自己還留有這種感傷啊。

——不要緊，一定沒事的。

比任何人都喜歡吃吃喝喝的他們活力十足，不會這麼輕易輸給病魔——她如此告訴自己。

此時，她突然察覺輕撫臉頰的風變得冰冷許多。雲依然稀少，但是往北可望見峨然矗立的粗大雲柱。視野比剛才更加模糊，可知霧變得更濃了。

濃霧的前方，有個長長的七彩物體擺動著。

瓦娜貝爾倒抽一口氣。那是如假包換的龍尾鰭。

『瓦妮，妳能聽見嗎？』

來自艦橋的通訊響徹甲板。是卡佩拉。

『七點鐘方向發現龍的蹤跡……就像妳說的一樣，樣子不太對勁。搞不好是噬船龍。』

「了解。降低高度，盡量迂迴。要是出了狀況，我來想辦法解決。」

瓦娜貝爾把嘴唇湊近傳聲管，輕聲說道。遲疑了一瞬間後，卡佩拉也回答：

『了解。』

——但願別出狀況。

一般而言，龍不會主動接近飛船，但是偶爾會有因為某種理由而凶暴化的龍襲擊船隻，這樣的龍被稱為「噬船龍」。即使不是噬船龍，也還有被同類的氣味吸引而靠近的危險性。說來遺憾，這艘船裝滿了大量剛肢解的龍油與龍肉，人類聞起來或許沒有味道，龍卻是遠遠地就能察覺。

——這就叫屋漏偏逢連夜雨吧？

福無雙至，禍不單行，瓦娜貝爾很明白這個道理。或許龍不會襲擊，或許能夠巧妙地避開牠，平安抵達城市。這並不是希望，只是願望而已。若讓願望扭曲事實，可能會招致最壞的事態。難以言喻的不安侵襲了瓦娜貝爾。炸裂彈感覺似乎比平時更重，安裝起來格外費力。瓦娜貝爾暫且停下動作，擦拭額頭上冒出的汗水。指尖在發抖。她深深地吸一口氣又吐出來。

「冷靜下來，瓦娜貝爾。」

她這麼對自己說，背後突然有道影子籠罩她。

「沒錯，冷靜下來，瓦娜貝爾。」

是米卡。

瓦娜貝爾瞪大眼睛，米卡則對她露出豪邁的笑容，彷彿根本沒有生病。你痊癒了？瓦娜貝爾原本想這麼問，又打消念頭。這是不可能的。事實上，米卡的額頭上還留有汗水，身體也在微微發抖。雖然天色昏暗，難以分辨，但他的臉色想必也很差。

「你在幹什麼？快回船艙。」

「我才不要。獵物就在眼前，怎麼能錯過？」

「你是怎麼知道的？我明明切斷了船艙的通訊。」

「我聞到的。」

「怎麼可能？」

就算他的嗅覺異於常人，待在船艙裡也不可能察覺。瓦娜貝爾投以懷疑的視線，米卡毫無反省之意，聳了聳肩。

「我去上廁所，想順便吹吹風，因為熱得受不了。算我運氣好。」

米卡瞇起眼睛望著遠方的龍，喃喃說道。

「……你看起來很痛苦。」

從他的側臉可以看出他很想捕龍，但是從他搖搖晃晃的膝蓋，可以知道他現在連站著都很吃力。瓦娜貝爾拉起米卡的左臂，環上自己的肩膀。

「總之，你好好躺著就是了。說來遺憾，這次只能別刺激牠，溜之大吉了。」

「牠肯放我們溜之大吉就好了。」

瓦娜貝爾側眼瞪視說風涼話的米卡，發現他的表情其實一本正經。瓦娜貝爾默默扶著米卡前往船艙。龍翱翔的北方天空，正好是內貝爾市所在的方位，現在的昆·薩札號沒有時間等待牠離去，也沒有時間繞遠路。瓦娜貝爾一面感受著米卡的熱度，一面咬緊下唇。

龍接近到足以目視全長的距離，是在過了整整二十四小時後——隔天的同一時刻。

從越來越濃的霧氣間，不時可看見七彩光芒舞動。就目測判斷，有四片豎鰭，體長約四、五米，並不是很大的龍，但是不斷擺動的尾巴看起來格外地長，而牠正步步逼近飛船。

——果然很暴躁。

現在人手不足，應以擊退為優先，而非捕獲。不過，有這麼容易嗎？瓦娜貝爾從甲板上確認龍的狀況，全身都僵硬起來。

不知是不是因為觸及了龍的呼吸和皮膚，原本冰冷的風多了些微熱氣。緊繃的大氣激發了緊張感。就在瓦娜貝爾克制著又要開始發抖的身體，做了個深呼吸之時——

「好像很好吃。」

背後傳來一道悠哉的輕喃，這回瓦娜貝爾可就沒吃驚了。見到手持射矛槍、戴上安全帽和防風眼鏡的米卡，她只是啼笑皆非地嘆一口氣。

「……你是傻子嗎？會死人的。」

「妳單挑也一樣危險啊。」

瓦娜貝爾沒有回嘴，是因為隱約聽見龍的咆哮。龍似乎察覺他們已經發現自己，從雲柱裡探出頭，將那雙宛若琥珀色水晶的眼睛轉過來，現在獵人反倒成了獵物。

瓦娜貝爾故意長嘆一聲。

「既然要打，你可別扯後腿啊。」

「妳以為妳是在跟誰說話？」

米卡一如平時，從容地哼了一聲，用停止顫抖的手在射矛槍裝上火藥筒和短槍。瓦娜貝爾很清楚，他的燒並沒有退，不過現在站在眼前的已不是病人，而是平時那個可靠的昆・薩札號頭號捕龍人。

瓦娜貝爾突然暗想：很好吃的氣味，是什麼樣的氣味？

距離變得這麼近，就算不是米卡，也聞得到龍的香氣。每條龍的氣味各有不同，有的聞起來像杏仁，有的讓人聯想到沐浴在陽光下的草叢。若是前者，確實算得上是好吃的氣味，也可能因為皮脂分泌而引發食欲。但是，這次的龍隱約帶著一股鐵味，雖然是在乾燥的上空翱翔，卻散發出一股濕黏的餿味，並不是會讓人食指大動的氣味。

——現在不是想這些的時候。

和米卡在一起，總是會胡思亂想。瓦娜貝爾決定不管他，架起了裝有鑽叉的捕龍砲。這本來是吉布斯的工作，無論飛行距離多長，他都能命中要害。瓦娜貝爾比較擅長近身戰，米卡也一樣，但是現在的他連步伐都不穩，無論是遠戰或近戰，瓦娜貝爾都不放心，既然如此，還是讓他做他平時習慣的事比較好。

「霧這麼濃，用熱砲比較好吧？」

聽見突如其來的聲音，瓦娜貝爾回頭一看，只見梅茵不知幾時間來到甲板上，她扛著與嬌小身軀完全不相襯的筒狀大砲。只要裝填燃燒性彈藥發射出去，就能夠產生威嚇效果，將龍趕跑。獵龍的時候用不著這種武器，所以瓦娜貝爾和米卡完全遺忘了它的存在。

「妳特地挖出來的？」

米卡問道，梅茵點了點頭。

「很久以前我看別人用過。這本來不是我的工作，不過在這種非常時期，也顧不得這麼多了。」

「謝啦。」

「消夜多給我一片生火腿……就好！」

從濃霧深處逐步靠近的影子映入眼簾的瞬間，梅茵立刻開了熱砲。或許是因為不習慣吧，梅茵稍微打偏了，熱氣掠過瓦娜貝爾。就在瓦娜貝爾使勁站穩雙腳，以免被近距離捲起的狂風吹走之際，受驚的龍高高舉起的尾巴已然逼近頭頂。

瓦娜貝爾還來不及思考，便縱向後方，及時用劍砍斷朝著梅茵掃去的尾巴，大量血花因此噴到臉頰上。

——啊，鐵的味道。

察覺龍傳來的氣味其實是血腥味的同時，有血滴到了瓦娜貝爾的頭頂上。血滴並不是來自於尾巴的切口，而是龍本來就受的傷。龍的豎鰭上插著好幾把雖小卻粗的槍，血流如注，看起來相當可憐。見狀，瓦娜貝爾無意識間撤下了劍。

用不著發射鑽叉，龍已經大大地展開豎鰭，現身於甲板上空。咿咿咿咿咿咿！超音波般的叫聲響徹四周，聽起來不像威嚇，倒像是嗚咽，瓦娜貝爾不禁皺起眉頭。

那不是噬船龍。

只是一條因為痛苦與憤怒而失控的龍。

米卡抿緊嘴唇，瓦娜貝爾察覺那是壓抑焦慮時的表情。

以最低限度的攻擊屠龍，大快朵頤，才是正確的捕龍之道——這是米卡的口頭禪。打傷龍以後置之不理——又或許該說，是有人失手讓龍給逃了——是米卡最無法容忍的酷行。

龍的身體發出一陣滋滋聲，裂開一條直縫。見了從裂縫露出的無數牙齒，瓦娜貝爾知道那是「嘴巴」。一條好似舌頭又好似觸手的黏滑長蔓從裡頭伸出。瓦娜貝爾瞄準試圖纏住米卡的長蔓根部，亦即往龍的嘴裡開砲。在砲擊的煙霧瀰漫中，米卡用完全不似病人的速度衝上前去，跳上龍的身體，一面攀住牠一面將射矛槍前端的尖銳短槍刺進要害——背部正中央。

龍的身體「咚」一聲落到甲板上，瓦娜貝爾等人的身體因為這陣衝擊而微微浮起。變短的尾巴彈起來，又落到甲板上。牠的生命力想必早就因為先前的槍傷而消耗許多，微微吐了幾口氣之後，龍便安靜下來了。

「不愧是米卡大哥。」

梅茵發出讚嘆之聲。

至於米卡本人，則是攀在龍背上，幾乎已失去意識。瓦娜貝爾覺得他那副模樣活像正要咬龍一口，但是並未說出來。這回他真的太逞強了——瓦娜貝爾如此暗想，伸出手來，米卡似乎察覺到動靜，猛然睜開眼睛。

「……真可惜，好不容易抓到龍，可是現在我們無法肢解。」

「抵達內貝爾之前，只能先讓牠躺在這裡了。」

「呿……算了，至少還能放在甲板上載走。」

米卡一臉不悅地起身，踉踉蹌蹌地跳下甲板，伸了個大懶腰。

「我有種感覺，如果吃掉牠，身體就會好起來。」

「我會替你的莫爾斯加些白蘭地，你就忍著點吧。」

瓦娜貝爾放柔了聲音。

她知道米卡的「想吃」並不是單純出自於飢餓。

——這個人的「吃」是種弔祭。

瓦娜貝爾知道，就算口腹之欲占了九成，這份心意仍是半點不虛。

「抵達內貝爾市以後，說不定能找到肯幫忙肢解的捕龍人。哎，或許得分人家一份就是了。」

「可是得花上兩天耶，到時候肉都壞掉了，頂多只能榨油來賣，皮的品質也會變差。」

「別抱怨了，快回床上吧，剩下的交給我們處理。」

「就是說啊，米卡大哥。要是死了，就一輩子吃不到龍肉囉。」

「是、是……啊，頭好痛。」

瓦娜貝爾目送米卡踉踉蹌蹌地回到船艙，和梅茵對望一眼。她知道米卡與眾不同，不過，發了那樣的高燒，身手還能如此矯捷，其他乖乖睡覺的船員一定會沒事的。

仔細一看，失去龍的光輝以後，天空沉入黑暗之中，唯有朦朧的月光和星光成了照亮去向的路標。

距離內貝爾市還有兩天航程——不，一天半。在那之前，若是又被龍襲擊，搞不好真的會一命嗚呼——瓦娜貝爾腦中冒出這種不吉利的念頭，淡淡地笑了。

第二章

自從在內貝爾市生活以來，拉斯薇特從未看過黎明的天空。

被稱為「霧都」的內貝爾市是個四面環山的盆地，市內常籠罩著一層薄霧。晚上到清晨之間特別冷，早上醒來的時候，頭頂上總是被厚重雲層覆蓋著。倘若想看日出，必須爬到山頂才行，靠人類的雙腿根本辦不到。

即使如此，還是有許多男女老幼進行有勇無謀的挑戰。時常有人帶著數天份的糧食入山，但大多都耐不住露宿野外的嚴峻生活，兩、三天就逃回家了。不過，其中也有成功抵達山頂的強者。根據這些人炫耀時的說法，雲層平時看來雖然陰鬱萬分，踩在腳底下放眼望去，卻像風平浪靜的大海廣闊無垠，反射的陽光美得教人說不出話來。他們都異口同聲地表示，那是值得冒著生命危險一看的景色，並以自己的英勇為榮。

——有夠蠢的。

拉斯薇特暗想。哪有什麼景色是值得賭上性命的？她很想問問那些張大了鼻孔自吹自擂的人：如果有人叫你看完山頂的景色以後立刻去死，你願意嗎？應該不願意吧。

——妳就是愛說這種憤世嫉俗的話，才會嫁不出去。可惜了一張標緻的臉蛋。

每次聽見拉斯薇特在雞蛋裡挑骨頭，姑姑阿爾瑪總是面露苦笑。她在哥哥過世之後，將年方十五的拉斯薇特當成親生女兒扶養至今，已經有七年了。非但如此，她還打算將一手打理的餐廳讓給拉斯薇特經營，對於拉斯薇特可說是恩重如山。即使如此，拉斯薇特仍照樣回嘴：「現在都什麼時代了，還在說嫁不出去、標緻的臉蛋什麼的，思想太落伍啦，這樣會跟不上潮流的。」足見她們的關係有多麼親密。

——這麼一提，姑姑常說她雙腳冰冷，很難受。

拉斯薇特摘下朝露沾濕的艾草，打算泡杯野草茶給姑姑喝。她深深吸一口帶有冷氣的野莖氣味。拉斯薇特的一天始於到後院的野草園裡收成。即使沒有晨曦，早晨依舊會到來，厚厚的雲層會隨著時間經過漸漸變薄，空氣也會變得暖和一些。聽見馬路上傳來腳步聲時，就是餐廳開張的時間。老舊的獨棟洋房一樓改裝而成的餐廳只要一開店，就會有常客迫不及待地上門。大家都是靠著清早現煮的湯養精蓄銳，前往職場工作。

拉斯薇特認為，若有什麼事物是值得賭上性命的，那就是一成不變的日常生活。她不需要不遠離家園就無法體驗的冒險與感動。

啪啪啪啪——頭頂上傳來螺旋槳的聲音，是在野草占據了半個籃子的時候。一艘小型飛行船撥開雲層，飛向市外。載著引船人的船動了，代表客人來了。又是捕龍人嗎？拉斯薇特不自覺地皺起眉頭。

內貝爾市的商業活動多半是建立在飛行船補給地的地位，其中也包含了捕龍船。只要有龍的生意可做，這座城市就會更加富裕。不過，這個禮拜已經來了四艘飛船，未免太多了。

「ㄚ頭，妳在嗎？」

阿爾瑪拖著右腳，打開後門。拉斯薇特的眉頭皺得更緊了。

「姑姑，我不是說過早上妳不用起來嗎？」

「話是這麼說，但我已經做了四十年，就算不想醒也會醒來啊。妳才是，像今天這麼冷的日子不用勉強早起。」

「在這座城市裡說這種話，就永遠不用早起了。」

拉斯薇特聳了聳肩，打算回去摘野草，阿爾瑪慌慌張張地叫道：

「我是來叫妳的，錫安有話要跟妳說。」

「錫安？」

那是阿爾瑪的親生兒子。

拉斯薇特的臉立刻沉下來，見狀，阿爾瑪露出安撫的笑容。

「他在餐廳裡等妳。過來吧，他還特地買了妳最愛吃的炸麵包呢。」

不祥的預感越來越強烈。拉斯薇特癟起嘴來，嘆了口氣。

年長四歲的錫安也像親生哥哥一樣疼愛拉斯薇特，但正因為如此，他向來不知客氣又蠻橫無理。換句話說，他認為妹妹聽哥哥的話是天經地義的；帶著伴手禮前來，表達的正是「我已經這麼低聲下氣，絕不容許妳拒絕」的無聲壓力。區區炸麵包，自己花錢買要來得美味多了。

拉斯薇特蹲下來，摘下薄荷，放進籃子裡。加進野草茶，端給錫安喝吧。這是拉斯薇特對於討厭薄荷的錫安所做的些微抵抗。

「現在人手不足。」

錫安開門見山地說道。

「妳也知道吧？這幾天靠港的飛行船很多，而且每艘都出了狀況。」

簡單洗過野草以後，用沸騰的熱水燜煮。錫安一面看著拉斯薇特的動作，一面獨自吃著伴手禮炸麵包。我想喝咖啡——拉斯薇特對於他的輕喃充耳不聞，將茶倒進杯子裡。錫安似乎聞到了薄荷的香味，臉頰微微抽搐。想當然耳，拉斯薇特同樣視若無睹，隔了段距離在斜前方坐下來。錫安露出受傷的表情，拉斯薇特則是撇開了臉。

「什麼狀況？」

阿爾瑪一面喝野草茶一面詢問。錫安沉默了一會兒，對母親投以求助的視線，隨即又甩開遲疑，將視線移回拉斯薇特身上。

「每艘船都有八成以上的船員病倒，醫生說可能是食物中毒。」

阿爾瑪的肩膀猛然一震。

「感染症的可能性還沒有排除。沒有交集的四艘船全都是食物中毒，這種事連聽都沒聽過。」

「所以捕龍人來了卻那麼安靜啊。」

拉斯薇特咬了口炸麵包，點了點頭。

無論船隻大小，只要捕龍人一來，城裡就會變得熱鬧萬分。男人們在馬路上昂首闊步，追求柔軟的床鋪、乾淨的澡堂、熱騰騰的酒菜與女人。沾染全身的龍油味和鍛練有素的身體都是一般市民沒有的，所以一眼就認得出來。當然，有時只是普通的旅客，但是拉斯薇特確信除了頭一艘船以外，其餘全是捕龍人的船。若要問她為什麼，她也給不出明確的答案，只能說捕龍的船隻本身就和船員一樣，有種與眾不同的氛圍。

霧並不濃，卻只有停泊的船隻，沒有啟航的，拉斯薇特早就覺得奇怪了。

「所有人都被留在碼頭嗎？」

「沒錯。因為如果是感染症，擴散到城裡就糟糕了。雖然目前是沒有傳染給人的跡象啦……」

正因為知道危險性低，所以錫安直到今天才來。

錫安的工作是引船人。引船人必須不分晝夜地從管制塔監視能見度不佳的周邊天空，一有物體接近城市，就得鳴鐘示警，並引導搭乘飛船前來的來訪者。年輕力壯的錫安常被分派到夜班，除了偶爾的長假以外，通常是睡在塔裡，因此來訪者大多交由他應對。

——原來如此，我知道是怎麼回事了。

拉斯薇特望著錫安的眼睛，錫安的視線立刻不自在地飄移。如果要拜託的是尋常事，他的態度不會這麼古怪。他通常會採取較為威迫的態度，先要求拉斯薇特答應之後才肯說明原委。

不過，拉斯薇特可沒好心到替他省事的地步，冷淡地哼了一聲說：

「真糟糕，這樣你應該暫時回不了家吧。我可以幫你送些換洗衣物。」

「啊，嗯。哎，這件事也能拜託妳的話更好。我一開始也說過，現在人手不足。」

「那是當然。有四艘船，全部……共有多少人？應該超過一百人吧。」

「大約一百三十人，其中有一百一十三人是病人。哎，其實健康的人不用照顧，只不過他們不能進城，所以……」

「哎呀，真的很糟糕。最近城裡缺醫生，除了回到雷吉恩醫生那裡的德克以外……只有三個護理師。還有瑪莎的女兒也開了間小藥局。」

阿爾瑪說道，錫安也聳了聳肩。

「醫生共有四人，其中一人是專門接生的。現在正在拜託其他城市支援藥品和人手，大概要花上兩天才會抵達……所以啦，小妹。」

妳懂我的意思吧——面對他詢問的視線，拉斯薇特用毅然決然的表情堅稱自己不懂。

面對頑固的妹妹，錫安靜靜地長嘆一聲。

「藥品不夠……再說，光靠藥物也無法康復。」

「那當然，養生需要的是營養。」

「所以我才來找妳幫忙。」

「要我做一百多人份的伙食？」

「我當然也會幫忙。不過，小妹，可以配合症狀設計照護餐的只有妳一個。」

「我不是說過，別叫我『小妹』嗎？」

「拉斯——拜託了。」

說著，錫安深深地低下頭。

「目前還沒找出病因，光靠我們應付不來。妳只要幫到支援來了為止就好。」

這是哥哥頭一次這麼低聲下氣地拜託。

阿爾瑪略帶顧慮地望著拉斯薇特。她不方便開口要求拉斯薇特幫忙，但是臉上的表情與開了口無異。

老實說，拉斯薇特一點也不想答應、不想幫忙。

不過，她知道眼前的狀況不容她拒絕。幫助病人是天經地義的事，如果她拒絕，就會換成錫安的上司出面。錫安正是不希望演變成這種局面，才會親自上門拜託。

「……好吧。」

拉斯薇特盡可能露出不情不願的表情答道，錫安猛然抬起頭來。

「真的？」

「只幫到支援抵達為止。」

「嗯，我知道。我會盡量不讓妳有不愉快的感受。」

「還有，這是工作。包含店休的損失在內，酬勞我一毛都不會少拿。」

「當然，我會跟上頭說好。」

「餐廳可以交給我……」

「不行。」

拉斯薇特對正要起身的阿爾瑪斷然說道。

「姑姑最近不是說腳又開始痛了嗎？要好好休息才行。」

「可是……」

「放心，我不會剝奪老人家的樂趣，採買就拜託姑姑幫忙了。」

「……這丫頭真是嘴上不饒人，也不知道是像了誰。」

阿爾瑪嘀咕，再次坐下來，摸了摸右小腿。早上天氣冷，舊傷會發疼，還這麼頑固，不過若是回嘴，錫安一定會調侃她們是有其母必有其女，所以拉斯薇特沒有說出口，只是站起來更加冷淡地俯視錫安問：

「醫生認為是食物中毒，是因為發生了胃痙攣嗎？」

「啊，嗯。不，這個嘛，呃……」

「到底是不是！」

「有的人有胃痙攣，有的沒有，主要症狀是高燒和嘔吐。」

「有咳嗽嗎？」

「目前沒有咳得很厲害的人。」

「知道了，我會先煮些有退燒效果的湯或粥，看看情況。我這就開始準備，過來幫忙。」

「好、好。」

錫安平時明明很蠻橫，但只要拉斯薇特擺出強硬的態度，他便會畏縮起來，這點從以前到現在一直都沒變。拉斯薇特開始在廚房裡翻箱倒櫃，一旁的錫安則是按照指示將中藥和草藥瓶裝進物流箱裡。

「……抱歉，拉斯。」

「幹嘛道歉？又不是哥哥造成的。」

不直接叫他「錫安」，不是出於親情，而是出於人情。要是欺負得太過頭，這個哥哥真的會情緒低落。

「反正沒得選擇。哥哥向來拿權力沒轍，哪有辦法拒絕上頭的要求？」

「說得真難聽。」

「是事實吧？話說回來……」

拉斯薇特微微吸了口氣，盡力保持冷靜問道：

「你向我道歉，是因為他們是捕龍人？」

錫安沒有回答，這等於是肯定。

「……捕龍人食物中毒啊。」

語氣中不由自主地帶了鄙夷，拉斯薇特緊咬嘴唇。她不願意識到自己有多麼鑽牛角尖，大大地搖了搖頭。

即使如此，嫌惡感仍舊縈繞心頭，揮之不去。

在不衛生的船上煮飯燒菜，才會落得這種下場。不快感變得越發強烈了。那些來到城裡的骯髒男人。雖然不該一竿子打翻一條船，但是拉斯薇特確實常因為談吐粗鄙的他們而感到不愉快。

——所以我才討厭捕龍人。

這番真心話就算沒說出口，錫安大概也接收到了吧。拉斯薇特裝作沒聽見哥哥再次輕喃的「對不起」，打開擺放脫水蔬菜的櫃子。

◆

一想到搞不好會錯過隱藏在高聳雲朵之後的內貝爾市，瓦娜貝爾就不敢下瞭望台。卡佩拉告知再過不久就能看見內貝爾市至今，已經過了七、八個小時。持續吹風並不是一件輕鬆的事，但是，一想起大夥帶著汗水與痛苦之色的睡臉，腰桿便自然而然地打直了。

所以，當她看見在雲間微微搖動的氣球時，忍不住一反常態地高聲歡呼。這些氣球大概是為了避免飛船迷路而設置的。氣球呈直線分布，指引方向。

——撐住了，大家都撐住了。

一想到這下子便能夠獲得藥品與營養的食物，瓦娜貝爾便軟了腳。雖然不知道治療得花多少錢，不過留得青山在，不怕沒柴燒。

瓦娜貝爾深信他們已經脫離最大的危機，因此在引船人的引導下來到營地時，她大吃一驚。她完全沒想到除了昆・薩札號以外，還有其他飛船也遭病魔侵襲。

「聽說醫生也無法判斷是流行病還是食物中毒。」

以代理船長的代理人身分和內貝爾市的負責單位談話過後，卡佩拉抱著湯鍋回來，在船的出入口待命的瓦娜貝爾和梅茵接過鍋子，兩人合力搬去廚房。鍋裡傳來水波蕩漾聲，磨碎的生薑和蔬菜的甘甜香味飄過來。

「是生薑花椰菜湯。加了天然藥物，應該有助於緩和發燒和嘔吐。只不過，現在還沒找出原因，醫生交代如果吃了以後覺得不舒服，就要立刻停止食用。」

不知是不是因為獨自搬運鍋子，肩膀發痠之故，卡佩拉轉了轉肩膀。

瓦娜貝爾把鍋子放到爐火上，並將熱過的湯倒進碗裡。

「真的很感謝他們的細心照料。」

有困難的時候互相幫忙，這樣的精神深植於每個城市，畢竟下次需要幫助的說不定就是自己。即使如此，居然還配合大家的身體狀況準備了這麼多人份的伙食。不——瓦娜貝爾轉念一想，或許正是因為人數眾多吧。城市的風評總是在船員間口耳相傳，就某種意義而言，這是個博得美名的好機會。

卡佩拉把臉湊近鍋子，用力吸一口熱氣。

「啊，好香。真的很感謝他們。雖然藥品好像不夠用，但他們請了藥膳廚師來幫忙。我們的運氣很好，聽說在昨天之前，連療養餐都沒著落呢。」

「……這樣啊。」

「聽說藥品也快送到了，那些傢伙只要再多撐幾天就行了。」

瓦娜貝爾動作俐落地把裝了湯的碗擺到托盤上，梅茵則是端起托盤送到船艙。現在的首要之務不是整理狀況，而是替發燒得快脫水的夥伴們補充營養。另一個托盤放滿以後，換成卡佩拉送往船艙，瓦娜貝爾自己也端著最後一個托盤離開了廚房。

米卡一聞到湯的香味，立刻從床上跳起來。明明還冒著冷汗，卻這麼有活力啊？雖然有點傻眼，不過他無論何時何地都生氣蓬勃的模樣，確實鼓舞了瓦娜貝爾。吉洛至今仍是連喝水都很辛苦，但是已經能夠起身了。他們好轉到不需要照料的程度，讓瓦娜貝爾鬆一口氣。

然而，最後探訪的室友塔姬妲卻縮著背呻吟著。

「塔姬妲，妳不要緊吧？」

她似乎還有意識，沒有回答，而是發出了痛苦的嗚嗚聲。

「慢慢地吸氣……對，然後靜靜地吐出來。」

臉龐因為痛苦而扭曲的塔姬妲照著瓦娜貝爾的吩咐，調整急促的氣息。她是最後發病的，因此恢復得也比大家都晚。瓦娜貝爾替她揉了揉胃部後方一帶，她的呼吸終於慢慢地緩和下來。

「湯喝得下嗎？」

「……可以。」

塔姬妲斷斷續續地回答，慢慢坐起身子。瓦娜貝爾扶著她的背部，已略微下降但依然過高的體溫傳過來。睡衣都是汗水，穿起來想必很不舒服，但是又沒有其他睡衣可供替換。瓦娜貝爾思索了一會兒，讓塔姬妲靠在牆上並要她等候片刻，自己則是前往廚房燒開水，拿著泡過開水擰乾的毛巾回到塔姬妲身邊，掀開她的睡衣，替她擦拭背部。塔姬妲一臉抱歉地扭動身子。

「沒關係，不要動。不把汗水擦乾，病情會惡化的。」

「……對不起，變成這樣……」

「妳現在只要專心顧好身子就行了。」

瓦娜貝爾說道。塔姬妲似乎沒有反駁的氣力，乖乖地將瓦娜貝爾遞給她的碗送到嘴邊。

「好好喝……」

那就好。瓦娜貝爾微微一笑。

胃裡的東西全吐光了，應該也是不適的原因之一吧。喝的量雖少，不過喝了幾口湯以後，塔姬妲的臉頰變得紅潤一些。這不是一時半刻就會好起來的病，只能祈禱天然藥物能夠奏效。瓦娜貝爾宛若溫柔地撫摸肌膚一般，用毛巾替塔姬妲擦拭汗水。

「……這裡是哪裡？」

湯連一半都還沒喝完，塔姬妲便放下碗。瓦娜貝爾一面替她擦拭脖子和額頭，一面回答：

「內貝爾市。不算大城市，不過身為飛船補給地，還算是小有名氣。」

「我沒聽過……」

或許是因為暖了胃，塔姬妲的眼皮垂下來。瓦娜貝爾接過碗，讓塔姬妲躺回床上。

「我們暫時會待在這裡嗎？」

「是啊。很遺憾，還是得睡在船上，不過他們會提供伙食。」

「大家呢……」

「大家都平安無事，沒有人死掉。」

「是嗎……那就……好……」

活像個嬰兒——瓦娜貝爾暗想。抗拒睡意，拚命睜大眼睛，眼皮卻忍不住垂下來的嬰兒。瓦娜貝爾拿起塔姬妲的手臂替她擦拭肚子，但是她依然沒有醒來的跡象。現在，瓦娜貝爾總算放下心中的大石頭。已經不要緊了，至少不會出人命——她現在終於能夠這麼相信了。

回到廚房，只見卡佩拉和梅茵也如釋重負地倚坐在椅子上，這應該代表其他船員也沒有問題吧。她們各自添了碗湯，胃腸受到香味刺激，這才開始咕嚕作響。這可說是三人這幾天以來頭一次可以坐下來好好進食。

「啊，通體舒暢～」

梅茵發出歡呼，卡佩拉也大大地點了點頭。

「真的很好喝，完全不像是公家配給會有的水準。」

「他們沒跟妳收錢嗎？」

「大概會事後結算吧，現在沒收錢。我們也得等李醒來以後才知道付得出多少錢。」

「哎，其他船的狀況也差不多。這麼多艘船聚在一起居然這麼安靜，可見大家都中鏢了。」

瓦娜貝爾站起來，從窗戶窺探外頭的情況。港都的碼頭通常擠滿了享受陸地氣氛的男人。有別於空中，陸地上沒有螺旋槳或風聲干擾，不必提高音量說話，但這些男人往往沒發現自己的嗓門有多大，以與陸地的寧靜格格不入的喧囂聲支配現場，震懾市民。

然而，現在只有內貝爾市的人行色匆匆地往來於城裡與城外的碼頭之間，進出各艘船的頂多三、四個人，而且全都是女人。再也沒有比冷清的碼頭更教人渾身不對勁的事了。

「到底是什麼原因？」
不知幾時間來到身邊的卡佩拉同樣看著窗外，歪頭納悶。
「有什麼病是只有男人會得的嗎？」
「塔姬妲是女孩子耶。」
梅茵一面吃著從櫃子裡拿出來的肉乾一面糾正。
「那倒是。」卡佩拉盤起手臂。「醫生嘴上雖然說無法判斷，但好像認為食物中毒的可能性很高。他還交代我發完伙食以後替船上消毒。」
「消毒？」
瓦娜貝爾眨了眨眼。
昆・薩札號或許稱不上整齊，但是衛生方面不像是有任何問題。在阿義的管理下，廚房向來保持清潔；就算沒有浴室可洗澡，船員也會頻繁擦拭身體……哎，頻繁程度或許有個人差異，不過，至少船上鮮少籠罩在臭不可聞的異味中。即使船員不注重自己的儀容，但船內的打掃工作是採取輪班制，船上每天都打掃得乾乾淨淨。
別的不說，如果是食物中毒，腸胃比任何人都好的米卡病倒了，瓦娜貝爾等人卻安然無事，未免太奇怪。

卡佩拉似乎看出瓦娜貝爾的心思，沉吟道：

「我也這麼想，不過和陸地上的生活相比，確實還有很多不夠周到的地方。他們說要發那個叫什麼……噴霧劑給我們，等會兒我去拿。」

「哦，我去好了。」瓦娜貝爾自告奮勇地說道，「妳們兩個都累了吧？小睡一下比較好。」

「瓦娜貝爾妳也一樣啊。一直操縱飛船的卡佩拉姑且不論，我只是待在機艙而已……」

「我想出去走一走。不然妳跟我一起去吧？」

聞言，卡佩拉和梅茵面面相覷。她們的表情流露出難以拂拭的疲勞，一看就知道和塔姬妲一樣，填飽肚皮以後就睏了。

瓦娜貝爾並不是不累，只是腦子莫名清醒。兩人似乎明白了瓦娜貝爾並非在逞強，略微考慮過後，乖乖地低下頭。

「那就拜託妳。」

「對不起，下次換我去。」

瓦娜貝爾搖頭表示沒關係，爬下了架在地面上的梯子。

睽違已久的陸地上空氣比雲端上暖和許多。

碼頭中央搭了個外燴棚，從別處搬來的桌子上擺著砧板和食材，火爐有四個，而瓦娜貝爾的視線停駐在中央那個正在攪拌大鍋子的女性身上。將黑髮編成一條辮子的她看起來比塔姬姐年長，但是比瓦娜貝爾年輕。只見她一面嘗味道，一面酌量添加裝在籃子裡的草藥。她八成就是卡佩拉所說的藥膳廚師。

瓦娜貝爾走過去，一個和那名女性有幾分相像的紅褐髮男子迎上前來。他穿著鈕釦扣到了脖子邊的制服和同款的藍色帽子，一看就知道是公家機關的人。

「聽說這裡可以借用除菌用具？」

瓦娜貝爾問道，男人點了點頭。

「現在正在做追加的部分。還要……多久才會好？拉斯。」

「藥劑本身只要十分鐘就夠了，不過放涼一點比較好，可以再等三十分鐘嗎？」

「藥劑？」

瓦娜貝爾詢問喚作拉斯的女性，但她連瞧也沒瞧瓦娜貝爾一眼，只是用下巴輕輕指了指右方。

「那邊的鍋子煮的是薄荷，有抗菌作用，等到冷了以後，加上檸檬汁就完成了。雖然只有安慰效果，但總比什麼都不做來得好。」

拉斯身旁有個穿著同款制服的男人正用生疏的動作攪拌鍋子，薄荷葉在沸騰的熱水裡跳舞。哦！瓦娜貝爾發出了讚嘆聲。如果是這種簡便藥劑，船上應該也可以儲備。

「湯是妳煮的嗎？」

「對。」

「很好喝，謝謝。多虧妳的湯，大夥都覺得身體舒服多了。」

「那就好。」

面對笑也不笑，而且始終沒正眼瞧過自己的拉斯，瓦娜貝爾用詢問的眼神看了紅褐髮男人一眼。男人尷尬地抓了抓頭。

「呃，您是……」

「瓦娜貝爾，昆．薩札號的。」

「瓦娜貝爾小姐，我是錫安，管制塔的監視員，同時是引船人。等到煮好以後，我會連同追加的伙食一起送過去。」

「如果不會妨礙你們的話，我想在這裡等。」

瓦娜貝爾對拉斯，或該說以拉斯為中心烹煮的伙食很感興趣。

錫安點了點頭。

「當然沒關係……她是拉斯薇特，在城裡經營餐廳，雖然年輕，廚藝卻很好。」

「廢話少說，還有虛偽的話也少說。」

「什麼叫虛偽？妳的廚藝是真的很好啊。」

「草藥和中藥只要有點味道你就不喝吐出來，還有臉這麼說。」

「我沒有吐！別亂說！」

「今天早上那杯加了薄荷的茶你也沒喝啊。」

「又開始了。」

把木桶當椅子坐的白髮老人笑說。他穿著和錫安一樣的制服，領子上卻別著兩顆星星，階級應該高於沒有星星的錫安吧。和瓦娜貝爾對上視線之後，老人淘氣地使了個眼色。

「這兩兄妹一直都是這樣，感情很好吧？」

「是啊。」

瓦娜貝爾露出微笑。感覺上就像是在看塔姬姐和吉洛鬥嘴，令人莞爾。在塔姬姐加入前，吉洛一直是資歷最淺的那個，因此他有時候會刻意在塔姬姐面前逞能。瓦娜貝爾這才察覺，原來自己喜歡捕捉大家在不經意間流露的小細節。

老人對瓦娜貝爾投以同情的目光。

「真是辛苦你們，居然在空中發生食物中毒。」

「……還不確定是不是食物中毒。」

為了阿義的名譽著想，在確定前，瓦娜貝爾不願承認。然而，依舊板著臉孔的拉斯薇特哼了一聲。

「幾乎已經確定了吧？症狀都一樣。」

「可是我完全沒事。」

「那是個人差異。你們有時候會在船上和龍戰鬥吧？光靠人力處理噴散的血液和唾液，總是有極限的。再說，天氣一變差，食材就容易腐壞，怎麼想都不衛生。野蠻的捕龍人哪懂得管理？」

「小妹，太失禮了！」

「我說過，別叫我『小妹』。何況我又沒說錯。」

拉斯薇特停下攪拌的手，從鍋子裡取出肉塊。從大小判斷，這些煮熟後不帶紅色的肉塊絕不可能是雞肉或豬肉，而是龍肉。

「妳討厭捕龍人，卻用龍肉。」

這不是諷刺，只是單純的感想，但是聽在拉斯薇特耳裡似乎不是這麼一回事。她橫眉豎目，頭一次正眼瞪視瓦娜貝爾。瓦娜貝爾這才看出她的眼睛是宛若黎明天空的淡藍色。

「沒辦法啊。這座城市的生意是建立在你們帶來的龍肉之上。再說，龍肉有豐富的蛋白質，對身體有益。」

「這樣很好啊。所以拉斯，不要擺出那種找碴的態度……」

「我沒有！只是在陳述事實而已！」

她好像很不高興。瓦娜貝爾眨了眨眼。

拉斯薇特沒有否認，代表她的確討厭捕龍人。得煮這麼多人份的伙食，或許不高興也是理所當然的。

錫安不住地低頭賠罪，但是瓦娜貝爾並未生氣，甚至對於拉斯薇特那有別於塔姬姐的另一種直率性格產生了近似於好感的感情。

瓦娜貝爾仔細地觀察拉斯薇特。

她將煮熟的肉塊切成薄片的刀法比阿義還要俐落，看來廚藝真的很好。

「妳在煮什麼？」

瓦娜貝爾詢問，拉斯薇特停下動作，訝異地回望她。瓦娜貝爾並未因為她的無禮而動怒，始終一派淡然，似乎令她有些困惑。隔一會兒，她不情不願地開口回答：

「……大麥和龍胸肉湯，讓腸胃已經好一點人的吃的。」

「一樣加了中藥或草藥嗎？」

「枸杞和紅棗之類的。這些都不便宜，之後我會跟你們請款。」

「拉斯！」

「當然。等會計復原以後，我會叫他付帳。」

拉斯薇特又大大地哼了一聲，視線從瓦娜貝爾身上移開，繼續做菜。

錫安再次低頭道歉。

「她的廚藝雖然好，精神卻不太成熟。」

拉斯薇特似乎決定不理哥哥，並未抗議，而是加快了切肉的動作。

瓦娜貝爾搖了搖頭。

「沒關係，捕龍人原本就容易惹人厭。」

「……這座城市有許多船靠港。」

錫安嘆了口氣。

「其中有些無法無天的人，把餐廳當成酒店鬧事的人也不少。而且……」

錫安突然仰望天空，看著雖然因為日頭高升而變薄許多，但依然覆蓋了八成天空的雲朵。

「雲縫間不時會有龍出現。」

「龍？」

「嗯，不知道是因為附近有龍巢，還是因為視野不佳，往往要等到龍接近了我們才會發現。總之，這座城市很容易被龍襲擊。之所以發展成靠港地，也是為了自衛。」

為了提升龍前來襲擊的時候，城裡正好有捕龍人在的機率。

原來如此。瓦娜貝爾點了點頭。

「可是……有些船的觀念是只要能殺掉龍就好，龍一旦進到城裡，他們常會忘了顧慮我們……」

錫安開始吐苦水，心情好像也跟著放鬆下來，語氣變得不那麼拘謹。

「我知道不是所有捕龍船都這樣，我們接受人家的幫助也不該抱怨。只不過，拉斯對捕龍人產生壞印象的機會比一般人多……」

「……這樣啊。」

瓦娜貝爾似乎能懂。

拉斯薇特並不是個大美人，但是就連身為同性的瓦娜貝爾，目光都會被那意志堅定的側臉和烹飪時的站姿所吸引，想必有不少男人想鬆動那張頑固緊抿的嘴唇。而且，這類男人大多以為只要說些花言巧語就能如願。

雖然覺得過意不去，不過道歉並不是瓦娜貝爾的工作。瓦娜貝爾能做的，就是以態度顯示他們——至少昆·薩札號的船員是懂得禮節的。只不過他們也和其他捕龍人一樣，嗓門和動作都很大，一開始或許無法讓拉斯薇特卸下心防就是了。

「對不起，說這些有的沒的。」

錫安似乎認為自己太多嘴，一臉尷尬地低頭道歉。

「薄荷水應該快好了。我們也準備了替換用的床單，雖然都是些舊布，不嫌棄的話請拿去用吧。替換下來的床單麻煩您自己洗，我們會提供生火用的木柴和鐵桶等物品。」

「謝謝。什麼都要麻煩你們，真是不好意思。」

「在這種非常時期，這麼做是理所當然的。」

錫安挺起胸膛。

瓦娜貝爾暗想，這裡似乎是座好城市。迎接客人的引船人是城市的門面，瓦娜貝爾很慶幸他的誠意足以信賴。

「新的湯煮好以後我們會送過去……我感冒時拉斯也煮給我喝過，很好喝的。」

錫安輕聲說道，以免被拉斯薇特聽見。此時的他並不是公務員，而是充滿信心的哥哥。瓦娜貝爾表示自己很期待，臉上自然而然地露出笑意。聞著飄來的味道，全身的緊張為之鬆弛，睡魔終於襲來。或許味道裡有帶有中藥成分吧。

「拉斯薇特，謝謝。」

瓦娜貝爾對著繼續做菜的背影說道，但那雙藍色眼眸並未再次轉向瓦娜貝爾。

◆

拉斯薇特一面看著大麥在濾掉浮渣的清澈湯水裡舞動，一面豎耳傾聽瓦娜貝爾遠去的腳步聲。這並不是她頭一次見到女性捕龍人，但是她從未見過像瓦娜貝爾那樣氣質出眾的。身材雖然結實，可是體格不是特別壯碩。那條細小的手臂是怎麼扛起槍砲呢？柔軟的金色長髮就算綁起來，在颳風的高空大概還是很礙事吧？

拉斯薇特咬住下唇。我在想什麼？這些事和我根本沒關係。

她將視線移回鍋子上。料理就像自己的孩子，稍不留意就會出現意想不到的差錯；再怎麼細心呵護，也不見得會符合自己的期待。就算照著相同步驟、使用相同材料，還是可能因為一時心血來潮的叛逆而走上歧途。即使如此，她依然無法停止投注愛情。雖然她至今仍無法接受自己必須幫助自作自受的捕龍人，但無論對方是誰，自己的心肝寶貝能夠幫忙治療別人的身體，感覺還是不壞。

——聽好了，拉斯。頭一個投注愛情的對象，就是使用的食材。怎麼做才能凸顯它們最大的優點？畢竟我們是用生命當食材，這是最該考量的事。

拉斯薇特想起說這番話的父親，那些幾乎看不出關節的圓滾滾手指。圓滾滾的不只手指，由於愛情過於深厚，什麼都往嘴裡放的父親有一張搖來晃去的圓肚皮，脖子和下巴沒有分界，就連圓滾滾的鼻孔也比一般人往上仰。父親的信條是「不重視清潔的人沒資格自稱為廚師」，所以頭髮向來剃得又短又整齊。他頻繁地擦拭汗水，臉上總是掛著討人喜歡的笑容，雖然是個人見人愛的好人，但是不具備讓打從十幾歲起求婚者就絡繹不絕的母親情有獨鍾的外貌。認識父母的人都笑說：「抓住胃袋就能抓住對方的心，這一點不分男女啊。」實情究竟如何，拉斯薇特沒機會詢問在懂事前便過世的母親，不過父親的廚藝確實很高明，足以讓拉斯薇特相信大家的說法。

那雙與纖細相差十萬八千里遠的圓潤雙手，是如何那麼迅速地將菜葉切成細絲呢？明明只是舊米揉成的飯糰，為何出自父親之手，就會讓人聯想到收穫的季節？拉斯薇特一直感到不可思議。小時候，她真的認為父親的指尖能撒出魔法粉末。

每當拉斯薇特表示好吃，父親那雙陷進肉裡的瞇瞇眼就會瞇得更細。在母親過世之後，拉斯薇特的喜悅就是父親的生存動力。

——只要找到一個能讓妳投注和食材同等愛情的人，料理就會變得更好吃。

對於拉斯薇特而言，那個人該是父親，然而，父親已經不在人世。阿爾瑪和錫安也是重要的家人，而她希望來店的客人都能吃得開開心心的心意也半點不假，可是，他們都和父親所說的那種人不太一樣。

拉斯薇特暗想：我大概是討厭人類吧。

自從失去父親以來，不只捕龍人，舉凡父親以外的人類，她都變得不喜歡了。

——妳討厭捕龍人，卻用龍肉。

瓦娜貝爾的話語突然重新浮現。

龍肉料理是父親的拿手菜。他說龍肉無論是煎、煮或煙燻都好吃，營養價值又高，大概也是他最愛吃的食物。他的口頭禪是：「沒有捕龍人就吃不到這麼美味的東西，要心懷感謝。」

若是見到現在的拉斯薇特，父親會說什麼呢？她有種把湯亂攪一通的衝動，卻更加仔細地撈起浮渣。待浮渣全數撈完，湯水變得清澈之後，才裝到碟子上嘗了一口。

為了捕龍人而煮的龍肉湯，好喝得無可挑剔。

第三章

「因為我是蕾吉娜大小姐啊。」

她如此高聲說道，而瓦娜貝爾的感想是，又有怪人加入了。

◆

瓦娜貝爾想起必須把龍處理好，是在抱著舊布和薄荷水回到昆．薩札號，看見凸出甲板外的尾巴時。對峙的時候看起來宛若閃耀著七彩光芒，似乎是因為反射了晨曦之故。失去生氣的鱗片不敵陽光，如今已化成泛黑的銀色。這原本該是著陸以後優先處理的事項，瓦娜貝爾卻忘得一乾二淨，或許正代表她比自己意識到的更加缺乏冷靜吧。瓦娜貝爾微微地嘆了口氣。

吉布斯病倒前捕獲的龍已經肢解完畢，由於附近沒有可以兜售的城市，所以肉都做過了醃製或風乾等保存處理，可說是歪打正著。那雖然是條小龍，榨出的油卻多到木桶足以堆成一座小山的地步，應該可以賣得不少錢。不過，食物中毒的診斷是否正確姑且不論，總不能把載著大量病人的飛船上的貨物當成食材或藥品原料販賣。再說，現在內貝爾市的人雖然忙著照顧病人，但等到支援抵達以後，應該會要求飛船提交貨品以供檢驗。

甲板上的龍或許同樣不能賣，不過，身為捕龍人的尊嚴不允許瓦娜貝爾將龍置之不理、任其腐壞。她無法放棄判定安全無虞以後或許能夠賣掉的一絲希望。再說——

瓦娜貝爾微微苦笑。倘若是那個男人，一定不會猶豫，而是帶著「這種理所當然的事有什麼好煩惱？」的詫異表情著手肢解。塔姬姐興高采烈地附和並尾隨其後的模樣，以及吉洛無奈嘆息的側臉都可輕易想像出來。

——只能硬著頭皮上了。

她本來打算用薄荷水打掃完船上之後，就要躺下來小憩片刻，看來還得再堅持一會兒。

廚房裡不見梅茵和卡佩拉的身影。

瓦娜貝爾把籃子放在地板上，雙臂往空中伸展，又垂直地放下手肘，僵硬的肩膀劈啪作響。一個禮拜前，卡佩拉才說下次降落到大城市時要奢侈一點，去做全身美容，如今看來是無法如願。瓦娜貝爾轉動脖子、放鬆筋骨，並深深地吸一口氣，幹勁十足地吆喝一聲，趁著疲勞尚未來襲，拿起了洗滌場的抹布。

洗手台、餐桌和碗櫥，特別需要除菌的地方她都噴了一遍。

「……真香。」

瓦娜貝爾忍不住出聲說道。不光是直透鼻腔的清涼薄荷，還有一股隱約的檸檬香味。模糊的思緒變得清晰一些，格外響亮的咻咻噴霧聲聽起來也相當悅耳。

——好安靜。

關掉了引擎，除了瓦娜貝爾以外全都沉入夢鄉的昆．薩札號，彷彿和時間一起靜止。

然而不知何故，現在的感覺並不像獨自站在瞭望台上時那樣寂寞。一想到他們現在已經有熱騰騰的食物可吃，正在各自的床鋪上睡得安安穩穩，她的心裡便踏實許多。雖然還有像塔姬妲那樣距離康復之日尚遠的夥伴，然而光是平安著陸，心情便有如此大的變化，說來連瓦娜貝爾自己都感到驚訝。她從不後悔選擇在天上生活，不過腳踏實地的安心感只怕是永遠都不會消失吧。

埋頭打掃似乎有了成果，仔細一看，房間裡綻放著前所未見的光彩。等到男人們康復以後，大概又會立刻弄髒吧，或許該和阿義商量，以後也定期打掃比較好。有了薄荷水，船上的汗臭味應該也會減輕一些。啊，不過——瓦娜貝爾想像著，再次微微地露出苦笑。她彷彿可以看見男人們直接把薄荷水往身上噴，打掃時間不知不覺成了遊戲時間的情景。

——好，接下來輪到龍……

獨自肢解龍很辛苦，然而無可奈何。她做好覺悟，踏上甲板，一陣比剛才更加冰冷的風吹來。濃霧籠罩天空，無法知曉太陽的正確位置，但是可以感覺出太陽已經開始下山。

瓦娜貝爾原本想趁著天色還亮的時候完成肢解，見狀不禁皺起眉頭。就在這時候，她的眼角餘光突然瞥見一個男人抱著鍋子從外燴棚走過來。紅褐色的頭髮——是錫安。比捕龍人瘦小的手臂似乎不足以支撐一整船的伙食，腳步也有些踉蹌，即使如此，他的眉宇之間依然烙著使命感，氣喘吁吁地朝著這個方向走來。看見他那副模樣，瓦娜貝爾不禁嗤嗤笑了起來。

「抱歉，我這就下去。」

瓦娜貝爾叫道，錫安猛然抬起頭來。

「不，不要緊，請休息吧！」

雖然他這麼說，但他搬的是大夥的伙食，瓦娜貝爾不能袖手旁觀。再說，她有問題想問他。

下了樓梯，錫安正好也走到了。

「對不起，慢吞吞的。這是拉斯剛才煮的湯，還有附上麵包，雖然不多，不過腸胃已經好一點的人可以吃。」

說著，他放下背上的背包。

「謝謝。可以順便再拜託你一件事嗎？」

「有什麼事嗎？」

「我想知道其他船的狀況。有多餘人手……的船大概是沒有，不過，不知道有沒有有空的捕龍人？」

「一定要捕龍人？」

錫安眨了眨眼。

「對，因為我要肢解龍。有男人可以幫忙是很好，不過還是要有經驗的人才處理得來。」

瓦娜貝爾用食指指著甲板，錫安循著方向望去，看見一條銀色尾巴，眼睛瞪得更大了。

「原來如此……是啊，我也不太擅長這些需要力氣的工作。」

我想也是——這句話瓦娜貝爾沒說出口。

錫安思索一會兒以後，指著停泊的三艘飛行船之中最大的那一艘。

「幸運號或許有您要找的人。」

「幸運號？」

「對。其中一艘是商人的船，要幫忙大概有困難，另一艘則幾乎全部船員都躺在床上。不過，幸運號是捕龍船，還有四、五個人能動。大概是因為那本來就是艘大船，船上有簡易浴室，感染比較不容易擴散。」

原來如此。瓦娜貝爾點了點頭。

捕龍船有很多種。昆．薩札號是艘小船，聚集許多為了討生活而選擇成為捕龍人的個體戶，不過也有些船載的是公司僱用的捕龍人。有的是富豪投資的事業，有的是因為製藥公司不想透過中盤商收集藥材，緣由形形色色。和昆．薩札號相比，這些船的資金大多豐厚許多，與瓦娜貝爾他們這種賺一天、過一天的生活水準大不相同。

「不知道對方肯不肯幫忙？」

「我去問問看。那艘船上剩下的也大多是女性，所以我不敢保證，不過感覺起來都是好人，或許肯幫忙。」

瓦娜貝爾點了點頭。交給錫安處理，應該比由她直接交涉妥當。

「我先在甲板上做準備，如果對方答應，可以請你帶人過來嗎？」

「我可以自己上船嗎？」

「當然可以。抱歉，要你跑腿。」

「這是我的分內工作。」

錫安爽朗地笑道，立刻邁步跑下船。瓦娜貝爾目送他的背影，不禁讚嘆卡佩拉沒有趕著在鄰近的小鎮降落，而是選擇前來內貝爾市，實在是有先見之明。她抬起頭，仰望卡佩拉睡覺的船艙。

把剖龍皮用的刀子和手套、分裝肢解的肉塊與內臟用的容器放到甲板上以後，瓦娜貝爾聽見幾道腳步聲接近。只見錫安正帶著一位年齡與瓦娜貝爾相仿的女性過來。

錫安似乎是頭一次看到肢解前的龍，目瞪口呆地看著那巨大的身軀，而女性則是穿過他的身邊，朝著瓦娜貝爾伸出手。

「我叫蕾吉娜。」

從那張宛若薔薇花蕾的紅唇吐出的聲音比想像中更加爽朗。她的身高也和瓦娜貝爾差不多。很久沒和不必抬高或拉低視線就能對眼的女性說話了——瓦娜貝爾如此暗想，握住對方伸出的手。蕾吉娜一副興味盎然的模樣，毫不客氣地將瓦娜貝爾從頭到腳打量一遍。

「妳的肌肉比看起來的更結實。已經當了很久的捕龍人？」

「有一段時間了。」

隔著遮住雙手雙腳的作業服也看得出來嗎？真厲害。瓦娜貝爾暗自讚嘆，也瞥了蕾吉娜的全身一眼。她穿著松葉色作業服，體格削瘦，不像是能夠承受與龍的戰鬥。

蕾吉娜似乎看穿瓦娜貝爾的心思說道：

「我是醫生。雖然也有內科知識，但主修是外科，所以現在沒有用武之地。船上的人說我反正閒著沒事幹，不如來幫忙。」

蕾吉娜放開瓦娜貝爾的手，將如棉花糖一般蓬鬆搖晃的頭髮束起來。

「不過妳不必失望。我好歹是捕龍船的一員，經驗不少。肢解就跟解剖一樣好玩，所以平時就算船員阻止，我照樣會參加。」

「那我就安心了。」

「那就速戰速決吧，我想在太陽下山之前完成。妳聽說了嗎？我們這些健康沒問題的人可以使用城市裡的浴場。比起船上的浴室，浴場可以伸展雙腳，舒適多了。不過使用時間有限制，必須快點去才行。妳也想去吧？呃……」

「瓦娜貝爾。」

剛才沒機會報上名字。

錫安也愣在原地，因為蕾吉娜一開口就說個沒完，他根本沒時間居中引薦。

蕾吉娜正面凝視著瓦娜貝爾，揚起嘴角。

「瓦娜貝爾，那我就叫妳『瓦妮』吧。話說回來，妳的話真少。」

「別人常這麼說。」

瓦娜貝爾淡淡地笑了。蕾吉娜雖然多話，卻不會給人強勢的感覺，因此瓦娜貝爾並未感到不快。

蕾吉娜似乎想起什麼，看著藏在錫安背後的人影。

「話一樣少的妳，知道怎麼肢解龍嗎？」

嘴唇抿成一直線、一臉尷尬的，是拉斯薇特。錫安這才想起自己的任務，把手放到拉斯薇特的肩膀上。

「不好意思，瓦娜貝爾小姐，可以讓這傢伙參觀一下嗎？」

「可以是可以……妳有興趣嗎？」

「……沒有就不會來了。」

「妳為什麼老是用這種口氣說話啊？」

「哈哈哈！那倒是，不該問這種理所當然的問題。」

蕾吉娜的高笑聲吹散了錫安的焦急。

「是啊，是我不好。」瓦娜貝爾拿起一副手套。「既然來了，要不要幫忙？摸摸新鮮的肉和內臟，對於廚師應該是種不錯的體驗。」

拉斯薇特不悅地皺起眉頭。

「我只是討厭捕龍人而已，並不討厭龍，也不怕龍。」

說著，她快步走向前，接過瓦娜貝爾手上的手套。她果然是個很好強的女孩。瓦娜貝爾心裡覺得好笑，但是並未流露在臉上，只是簡短地答一句：「是嗎？」

「這些工具我也可以任意使用嗎？我的手法可能跟妳不太一樣，不過這次應該沒關係吧？」

「對，總之先處理好再說。」

「了解。那麼，那位小姐。」

「我叫拉斯薇特。」

「拉斯，為了答謝妳替我們準備營養豐富的伙食，有任何不懂的地方儘管問，我都會教妳。不過，不懂的東西別亂碰。哎，總之妳盡量有樣學樣，加油吧。」

「……又不是妳的船，妳跩什麼？」

拉斯薇特對完全掌控局面的蕾吉娜發出不平之聲，蕾吉娜再度放聲大笑。

「因為我是蕾吉娜大小姐啊。」

聽了這句沒道理的回答，拉斯薇特愣在原地。蕾吉娜並未理她，拿起小刀刺進龍皮，曲線形劃開，活像在殺魚。俐落的手法，讓人確實感受到她身為外科醫生的高超技術。

越發冰冷的空氣拂過臉頰，在因為做苦工而滿頭大汗的現在感覺起來格外舒適。

然而，手邊變得越來越昏暗，教人傷透腦筋。太陽尚未結束一天的工作，可是隨著時間經過而變濃的霧氣，似乎替這座城市提早招來夜晚。瓦娜貝爾加快了動作。雖然已經備好油燈，但她還是希望能在油燈派上用場之前處理完畢。不知道是不是有同樣想法，蕾吉娜也閉上聒噪的嘴巴，默默進行。

——她也是那樣切開人類的肚皮嗎？

肢解就跟解剖一樣好玩這句話似乎不假。掀起厚皮、切開肌肉，小心翼翼取出內臟以免造成損傷的蕾吉娜，雙眼閃閃發光。一般人進行肢解時，臉蛋往往會被血弄髒，但蕾吉娜因為動作簡潔俐落，如陶瓷般透亮的肌膚上浮現的紅色，至今依然只有那張美麗的嘴唇。

「整片尾鰭都是骨頭，攻擊應該很凶猛吧？」

直到扒開皮肉，看見骨骼全貌以後，蕾吉娜才開口說道。

「骨頭形狀良好，而且密度很高。這條龍一定是用全身在飛翔，動起來應該很美。」

昆・薩札號上的任何人都不曾著眼於這一點，瓦娜貝爾聽了這番話之後，雖然吃驚，卻也試著回憶龍活動時的模樣。她只記得閃耀著七彩光芒的尾巴以猛烈的力道與重量拍落的那一幕，那也得歸功於骨頭嗎？

「……是啊，挺凶猛的。」

「我真想看看。然後呢？男人全都病倒了，所以是妳一個人解決的？」

「不是。梅茵……有個女技師也幫了忙，還有另一個硬拖著身子爬出病床的男人。」

「哎呀，真豪邁。」

「他是個一聞到龍味就坐不住的男人。」

「龍味？味道強烈到連在船艙都聞得到？」

「不是，強烈的是他的貪吃程度。」

要是他知道自己沒跟他說一聲就進行肢解，鐵定氣炸了。把骨頭上的肉全削下來，趁著新鮮的時候偷吃幾口，是他最大的樂趣。米卡鬧脾氣說：「搞什麼，幹嘛不叫我起來啊！」一旁的吉洛則是皺起眉頭說：「吵死了，真拿你沒轍，活像小孩一樣。」瓦娜貝爾好想快點看到他們這副模樣。

瓦娜貝爾笑了。

無論躺著或醒著，他們無時無刻都在瓦娜貝爾身邊，只是瓦娜貝爾未曾自覺而已。他們的聲音和氣息，早已滲透瓦娜貝爾的日常生活。

貪吃就聞得到味道？蕾吉娜覺得很有趣，喃喃說道：

「妳的船員好像挺有個性的，等他們好了以後，一定要介紹給我認識一下。欸，拉斯，妳應該也想見見他們吧？」

「咦？」

拉斯薇特沒料到話鋒會轉到自己身上，詫異地回過頭來。肢解工作不能交給她，要是她使用用不慣的大型刀刃受了傷，連昆．薩札號和幸運號都會跟著全滅，所以請她按照部位分裝兩人取出的肉和內臟。想當然耳，她的手套染成紅色，血沫濺到臉頰、額頭和圍裙上。要是已回到工作崗位上的錫安看見了，搞不好會昏倒。

不過，正如瓦娜貝爾所料，拉斯薇特相當熱衷於初次見到的龍體內部構造。尤其是針對震臟——為龍帶來浮力的堅硬圓形內臟進行說明以後，她的眼眸靜靜地燃起有別於蕾吉娜的好奇之火，交互打量著柔軟的心臟與震臟。

「好，差不多了吧？」

好不容易在黑暗包圍四周之前完成所有工作，蕾吉娜擦了擦額頭上的汗水，瓦娜貝爾也是滿身大汗。一停下動作，風便冷卻了濕答答的身體，讓她不禁打了個冷顫。

「謝謝妳們的幫忙。」

「我也很開心。接下來只要把血沖掉，把地板打掃乾淨，就大功告成了。應該不必榨油吧？」

「對。其實打掃我自己來就行了……」

「妳在胡說什麼？我當然要幫忙。打掃完後一起去洗澡吧。妳的酒量如何？」

看來不是可以婉拒的氛圍。瓦娜貝爾聳了聳肩。

「……哎，馬馬虎虎。」

「我就知道，妳看起來就是一副酒量很好的樣子。拉斯，妳成年了吧？」

「對……咦？我也要一起去嗎？」

拉斯薇特一臉訝異，見狀，蕾吉娜反而露出驚訝的表情。

「當然啊，工作完以後一起慶祝是常識。欸，我說得沒錯吧？瓦妮。」

「哎，是啊……或許吧。」

「好、好，快點收拾！啊，用那個好了，之前發給我們的薄荷水。說不定也能消除這股腥味。」

說著，蕾吉娜抓起事先準備好的鬃刷。

「妳在摸什麼魚啊？瓦妮。快把水拿來。」

「了解。」

瓦娜貝爾順從地回答。雖然她也覺得這樣簡直分不清誰才是昆．薩札號的船員，但要一一困惑，未免太費事。就只有死心眼的拉斯薇特皺起眉頭，站在原地歪頭納悶：「……蕾吉娜大小姐？」

◆

為什麼會變成這樣？拉斯薇特大為困惑。她對肢解龍感興趣是事實，可是她並不想親近捕龍人，也不想一起洗澡。她甚至還特地透過錫安要求上頭保證她不用和捕龍人做非必要的接觸。至於一起喝酒，更是萬萬不可能。她明明是這麼想的。

「怎麼這麼慢？拉斯。來，盡量喝吧！放心，我請客，這點積蓄我還有。畢竟妳是這個避難營最大的功臣嘛！」

在浴場附設酒吧的中央占位子等候——說歸說，其實沒有其他客人——的蕾吉娜揮了揮手，放在面前的一品脫酒杯已經快空了。瓦娜貝爾也一樣，不過兩人的臉色都絲毫未變。

無可奈何之下，拉斯薇特不情不願地在蕾吉娜和瓦娜貝爾之間坐下來。有股甘甜的香味隱隱約約從兩人身上飄來，大概是天竺葵和玫瑰吧，讓人有種懷念的感覺。

「大浴場加上隔壁的酒吧！多美好的環境啊！」

說著，蕾吉娜灌了口啤酒。

「……當然美好了，因為浴場和酒吧都是為了妳們這些船員打造的。」

「哦？設備看起來不錯，是什麼時候蓋好的？」

「三年……四年前左右吧。市長想開發新生意，來賺那些只留一晚、不住旅館的旅客的錢……」

說著，連拉斯薇特都覺得自己太過口無遮攔，便閉上嘴巴。不過，兩人似乎不以為意，反而一臉佩服地點頭。

「著眼點不錯。就算不需要補給，只要有這個浴場，就會想順路停靠一下；而血氣一暢通就想喝酒，這是飛行船員的宿命。」

「……實際上，這樣的船的確很多。」

「我就知道！救護的指揮調度也很迅速，這裡的市長很有才幹，我欣賞。」

「如果再安排一些整骨師，應該更有賺頭吧。」

「啊，好主意！拉斯，城裡有整骨師嗎？我的肩膀硬邦邦的，正傷腦筋呢！」

「呃……應該有吧。」

「哎呀，拉斯，妳也來了？」

拉斯薇特跟不上兩人怒濤般的對話，一臉困惑，給了她台階下的是送酒過來的酒吧老闆娘。

「聽說妳今天很活躍啊！來，這杯我請。」

老闆娘遞出的是加了檸檬水的啤酒，拉斯薇特最喜歡的酒。拉斯薇特從小就認識和阿爾瑪也很熟的酒吧老闆娘——艾拉，也知道她在內場裡的丈夫烹煮的料理是絕品。拉斯薇特之所以大剌剌地跟來，一方面固然是被蕾吉娜的氣勢壓過，另一方面或許是因為可以品嘗到酒吧老闆親手烹煮的料理之故。

蕾吉娜彷彿忘了整骨師的話題，精神奕奕地舉起艾拉送來的新酒。

「好，乾杯！拉斯薇特，妳累了吧？抱歉，要妳作陪。」

她用完全不覺得抱歉的口吻說道。

「上百人的伙食幾乎都是妳一手包辦，還讓妳幫忙肢解龍，真的感激不盡。多虧妳，大夥身體都好多了。」

「我的船也是，謝謝。」

「……這是我的工作。」

和續杯啤酒一起擺上桌的，是厚切培根鐵板燒、香煎白黴乳酪和切得薄薄的肉乾，用的全是龍肉。見了這些菜色，拉斯薇特不禁噗嗤一笑，令其餘兩人對她投以詫異的視線。糟了，拉斯薇特立刻板起臉孔。但是人都來了，還繼續擺臭臉未免太孩子氣，因此她清了清喉嚨，盡量保持平靜對兩人說道：

「因為這些料理和我做的料理完全相反。我在想，是不是藥膳料理吃起來沒有滿足感？」

「哎呀！沒這回事，很好吃啊！對吧？」

「對啊，都想再來一碗了。」

好吃是理所當然的。拉斯薇特懷著些許自負，露出僵硬的微笑。不只捕龍人，她和任何剛認識的人都很難打成一片。

「我不是在責備妳們，我確實只煮了對腸胃好的料理。我只是在想，妳們真的很喜歡現在的健康狀態啊。」

「搞什麼，原來是這個意思啊。」

蕾吉娜鬆一口氣。

「我們確實在追求可以直接化為血肉的東西。」

說著，瓦娜貝爾抓起一條肉乾。看著她，拉斯薇特暗想：捕龍人的血肉果然是來自於龍肉。明天或許該準備多一點蛋白質，也就是錫安所說「分量夠的食物」。

照顧腸胃固然重要，但吃得開開心心也很重要。

——再說，我也不希望讓人覺得我的料理都是些吃起來不過癮的東西。

錫安總是抱怨拉斯薇特的料理味道太淡，但那是因為她知道錫安平時吃得很隨便，才趁著他回家時準備有益健康的食物給他吃。拉斯薇特也會做年輕男人愛吃的菜色，當初教她下廚的父親最拿手的正是有益健康又有飽足感的料理。

——要怎麼把他們不愛吃的蔬菜偷偷加進料理，就要看我們的本領了。

父親教她的第一道料理，就是加了紅蘿蔔泥的漢堡排。無論是用奶油提出甜味的炒蘿蔔，或是加了芥末醬和油的拌蘿蔔絲，平時總是剩一堆的紅蘿蔔不過一晚，就消耗了兩倍的量。

——妳媽也討厭蔬菜，尤其是紅蘿蔔，總是嫌有土味不肯吃。不過，她很愛吃這道漢堡排，可以連吃上三、四塊。

聽了這番話，拉斯薇特也愛上漢堡排。父親總是用料理的滋味填補她欠缺的母親記憶，因此她鮮少感到寂寞。

胸口一陣抽痛。為什麼今天老是想起父親？

「不過，這麼一提，為什麼只有我們的胃袋正常運作？」

不知幾時間點了瓶紅酒的蕾吉娜一面倒酒，一面歪頭納悶。

「我們也沒吃什麼特別的東西啊，就和這些培根、肉乾差不多。啊，可是啊，拉斯，剛肢解的龍肉油脂多，真的很好吃，是在這家店裡吃不到的。」

她對正在分切培根的拉斯薇特說道。刀子一切下去，油脂便汩汩流出。我不需要更多油脂——就在拉斯薇特如此暗想之際，蕾吉娜又說道：

「新鮮程度不同。雖然一樣是油脂，卻一點也不膩。比方說，妳吃過脂排嗎？」

「脂排？」

光聽就反胃。蕾吉娜面露賊笑。

「一加熱會融化變小，所以很考驗煎的功力。尺寸也很重要，因為太大煎不透。光吃油脂就夠好吃了，如果把爽脆彈牙的腸子上頭的油脂烤化再撒上鹽，更是人間美味。瓦妮吃過嗎？」

「沒有。我們船上大多是吃大鍋菜，很少煮這種功夫菜。」

「這算不上功夫菜啦！雖然說要考驗煎的功力，但又不是有大廚替我們服務，只是把切好的東西裝一裝，大家各自用鐵板煎來吃而已。好不好吃就看自己了。」

依然無法想像的拉斯薇特將培根放進口中。胡椒和鹽味美味絕倫，由於去掉了多餘的油脂，吃起來一點也不膩。拉斯薇特暗想，吃這個就夠了。

她突然想到一件事。

「……說不定油脂是原因。」

「唔？」

「食物中毒。聽妳剛才說的，肉姑且不論，但油脂是半生不熟的狀態，對吧？說不定是因為吃了不熟的油脂才生病。」

蕾吉娜和瓦娜貝爾互看一眼。

然而，瓦娜貝爾立刻搖頭。

「我們沒吃這類料理。」

「我們也不是頭一次吃啊。」

對喔，拉斯薇特垂下眼。她自覺說了多餘的話，有點難為情。然而，另外兩人的思緒似乎因為拉斯薇特的發言而結束了小憩時間，被拉回現實。只見她們微微板起臉孔，陷入思索。

瓦娜貝爾看著蕾吉娜問：

「幸運號也和我們一樣，平安無事的都是女人嗎？」

「幾乎都是。有一個是男的，不過他是因為沒食欲，本來就沒吃多少東西……唔，果然不是感染症，是食物中毒嗎？」

蕾吉娜替瓦娜貝爾倒了杯紅酒。瓦娜貝爾一口氣喝光，也替蕾吉娜回倒了一杯。無論正經或嬉笑，這兩人喝酒的速度都沒有變，搞不好在拉斯薇特喝完一杯之前，她們兩個就把整間店的酒全喝光了。

「我想了又想……」

蕾吉娜喝完了不知是第幾杯的酒說道：

「醫生說捕龍船的衛生環境本來就不好，食物中毒是難免的，可是我們的船對於食品管理向來很謹慎，也會定期打掃。如果只有一、兩個人病倒也就罷了，那些唯一的優點就是耐操耐勞的傢伙居然全都病倒，我實在無法相信。」

——一定是出了什麼差錯。

突然在耳邊響起的是父親嘶啞的聲音。

——食材管理沒有任何問題，原因一定是出在其他方面。

拉斯薇特緊緊閉上眼睛。

瓦娜貝爾並未察覺拉斯薇特的異狀，回答：

「我們也一樣。雖然是艘貧窮船，不過廚房總是保持乾淨，餐勤長的廚藝也值得信賴。如果食材壞掉，阿義不會沒發現。」

「是啊。你們的船雖然破舊，可是還不壞，和生活健全的人身上的味道一樣。」

「『破舊』兩字是多餘的。莫非妳就是為了確認這一點才來的？」

「我是真的出於好意來幫忙，也喜歡肢解龍。不過，哎，我好歹是個醫生，當然得動動腦筋找出原因啊。」

蕾吉娜吃著拉斯薇特分切的培根。

「啊，真好吃……我們在天上吃的東西也是這麼好吃，而且沒有任何怪味道。欸，瓦妮，妳應該懂吧？飛行船上能用的調味料有限，所以可以吃出食材的原味。要是壞了，一吃就知道。」

「不曉得是不是因為過著野性的生活，船員對這些都很敏感。」

「就是說啊。所以我在想，就算是食物中毒，八成也是食物本身有問題。呃，也就是說，並不是食物壞掉了，而是不小心吃了有毒的東西。」

「有毒的東西？」

「對。不過，問題在於我根本不記得我們吃過和平常不一樣的東西，也沒有什麼東西是只有我沒吃的。」

蕾吉娜盤臂沉吟，一旁的瓦娜貝爾頻頻眨眼，長長的睫毛隨之晃動。雖然表情未變，但她似乎也在回溯記憶，推敲這個可能性。

沉默持續了片刻，只有兩人杯子裡的酒逐漸減少。她們的臉色依舊毫無變化，和沒有喝酒的時候一樣冷靜、一樣慎重，一看就知道她們並不是在替自己人護短。

拉斯薇特靜靜凝視著這兩個人。

——為什麼？

市內的醫生認為，沒有人咳嗽或頭痛，應該不是感冒等感染症。別的不說，四艘飛行船都是在不同地點航行，雖然大致上是來自同一個方位，但是途中停靠的城市完全不同，在病毒難以蔓延的高空罹患同一種疾病的可能性很低。既然如此，當然該懷疑飛行船的衛生狀態和廚師的責任。不過……

不知何故，她們卻深信不疑。

相信絕不是廚師的問題。

——為什麼他們不相信？

父親的悲痛聲音消除了歡笑的記憶。

拉斯薇特的情況不一樣。從前，拉斯薇特的父親——

——原因明明是出在其他方面。

拉斯薇特咬緊了臼齒。

自己果然不該來的，和捕龍人扯上關係準沒好事。然而，光是要克制微微顫抖的身體就已經用上她的所有力氣，她根本無法起身說要回去。

「……妳的臉色很差，沒事吧？」

瓦娜貝爾望著拉斯薇特，拉斯薇特輕輕搖了搖頭。

「沒事……只是有點醉了。」

「是嗎？別太勉強。」

「就是說啊。我們的喝法不正常，千萬別學。」

「……原來妳們自己也知道？」

「當然知道啊，畢竟賺來的錢全都拿去買酒了。瞧，又喝完了。抱歉，再來一瓶！」

真是不可思議。剛才明明還想著扯上關係準沒好事，可是聽了蕾吉娜的聲音，肚子卻微微地暖和起來；在瓦娜貝爾平靜眼眸的注視下，心靈也稍微恢復安詳。

雖然她們是捕龍人。

或許我並沒有那麼討厭她們——拉斯薇特悄悄地調整呼吸。

「這是招待的。」

送酒過來的艾拉，另一隻手上端的是盛著莎樂美香腸和生火腿切片的盤子。

「這也是龍肉。妳們平時老是在吃，居然還吃不膩。」

「當然不膩，每條龍的味道都不一樣。」

「好耶，真幸運！」蕾吉娜發出天真無邪的歡呼，立刻開始大快朵頤，又一臉陶醉地說：「嗯，絕品！」見狀，噗嗤一笑的不是艾拉，而是瓦娜貝爾。

「妳和他或許合得來。」

「他？哦，妳船上那個貪吃到能夠聞出氣味的人？討厭，別這麼說嘛！我不是貪吃，是美食家，美、食、家！誰教我家世良好，舌頭都養刁了。」

「家世？哦，所以妳才說妳是蕾吉娜大小姐……」

拉斯薇特說道，蕾吉娜哈哈大笑。

「哦，那跟這個沒關係。只要我還是我，就比任何人都更加高潔、更加自負。懂嗎？」

「……不懂。」

「呵呵，對於小朋友而言還太早了。話說回來，這麼好吃的東西還免費招待，沒關係嗎？當然，我會心懷感激地吃掉。」

「反正今天除了妳們以外，大概不會有客人上門了。」

艾拉環顧冷清的店內，聳了聳肩。

「換作平時，來了四艘船，生意可好了，不過這次無可奈何。」

「我會每晚都來的，也會拉著康復的男人一起來。」

「謝啦……哈啾！啊，抱歉。」

「感冒？」

見了吸著鼻子的艾拉，蕾吉娜立刻換上醫生的面孔。

然而，艾拉搖搖頭。

「我這是花粉症，看來還是該戴上口罩才行。雖然在客人面前戴口罩不太好看，可是不小心點，要是連我們店裡都發生食物中毒，那可就糟糕了。」

「對喔，已經到了這個季節。」

拉斯薇特望向窗外。

覆蓋內貝爾市的不只有霧。環繞城市的山地上種植許多樹木，其中有些樹木會釋放棘手的花粉。拉斯薇特運氣好，從來不曾為這種症狀煩惱，不過每到春天，到處都是吸鼻子、打噴嚏的人。

「不知道是從去年還是前年開始的？北方颳起強風以後，花粉症就變得更嚴重。今年風勢好像更強了，我兒子說他鼻子癢到睡不著。」

拉斯薇特仰望著抹鼻子的艾拉。

「明天我帶洋甘菊茶給妳，雖然可能只有安慰作用而已。」

「啊，太感謝了！妳的茶一喝就全身舒暢……哎呀，打擾妳們了，請慢慢坐。」

目送端著空酒瓶和盤子回到內場的艾拉，蕾吉娜露出微笑。

「城裡的人很信賴妳啊。」

「只是因為沒有其他人懂得藥膳料理而已。」
「能夠找到專屬於自己的武器，就是種才能啊。人啊，在被需要的地方大放光彩，才是最幸福的。」
「……以妳而言，就是當飛行船的醫生？」
「這個嘛……」蕾吉娜喃喃說道，一瞬間露出感慨的眼神。「我本來是想當陸地上的醫生，可是，哎，發生了很多事。妳呢？瓦妮，為什麼會成為捕龍人？」
「我？我算是順其自然吧。」
「什麼叫順其自然？」
「發生了很多事，和妳一樣。」
瓦娜貝爾一瞬間也露出感慨的眼神，喝了口酒。
「陸地上沒有地方可以容身，所以學習怎麼飛，待在天上。就這樣。」
「……是嗎？確實一樣。」
蕾吉娜帶著一股莫名傷感的氛圍，用自己的杯子碰一下瓦娜貝爾的杯子。
妳呢？蕾吉娜用詢問的眼神看著拉斯薇特。為何選擇藥膳這條路？為何留在內貝爾市？這也是順其自然，沒有明確的理由。

拉斯薇特一直這麼認為，直到現在。

「……我正好相反。」

當她回過神來的時候，話已經說出口。

拉斯薇特一口氣喝光剩下的啤酒。她明明很喜歡這種啤酒，可是不冰又沒泡沫的啤酒在嘴裡只留下甜膩的味道。拉斯薇特突然有點心酸，站了起來。

「我要回去了……明天還要備料。」

她知道這麼離開太過突然，也知道自己的行為相當無禮。然而，今天不知何故，特別容易心亂。她必須獨處，才能將無法預測的暴風雨壓抑在心底。

「明天見……我會送些有肉的料理過去。」

另外兩人若無其事地回答「好」、「晚安」，聲音直接穿過耳朵。不知何故，拉斯薇特不敢回望她們的臉龐。

快步走出店門之後，完全不似春天所有的冷風吹向拉斯薇特。這就是艾拉所說的北風。拉斯薇特宛若被人追趕一般，從快步走變成小跑步。

她討厭捕龍人，可是不討厭瓦娜貝爾和蕾吉娜。肢解龍很開心，和她們聊天也很開心。對於沒什麼機會與年齡相近的女性交流的拉斯薇特而言，聽她們一搭一唱，感覺很新鮮。不過——

她還是討厭捕龍人。

因為拉斯薇特之所以來到這座城市，根本不是什麼順其自然，全都是捕龍人一手造成的。

——欸，拉斯，我好想回到天上。

直到臨死前，父親還是這麼說。那些人害他如此痛苦，害他連廚房都進不了，他卻還是繼續看報紙尋找飛行船的徵人啟事。

——妳媽是個本領很好的擲叉手，年紀輕輕的，卻比任何人都勇敢，屠龍技巧也很高明。

都是那兩個人害的——拉斯薇特假裝沒有發現滲出的淚水，繼續奔跑。

母親過世的時候，年紀就和那兩人差不多，原因是被龍所傷。父親說那是一條非常龐大且凶暴的龍。母親也是那樣大口喝酒嗎？也是那樣大啖新鮮的龍肉嗎？一想到這些，她就覺得好心酸、好寂寞，忍不住懷想天空。

——陸地上沒有地方可以容身，所以學習怎麼飛，待在天上。

瓦娜貝爾是這麼說的。母親大概也一樣吧。

可是，拉斯薇特不同，拉斯薇特的父親也不同。

正好相反。

因為天上沒有容身之處，因為失去容身之處，所以父女倆才下了船，來到這裡。他們只能在陸地上生活。

——爸爸。

拉斯薇特停下腳步，仰望夜空。夜空被濃霧覆蓋，連星星都看不見。在飛行船上的時候看都看膩了，猶如拉斯薇特被褥的耀眼繁星，如今連一顆也不得見。

白色氣息從口中細裊裊地吐出。

拉斯薇特的父親原本是捕龍船上的廚師。帶著亡母的記憶做菜給捕龍人吃，是他的驕傲。

然而，拉斯薇特十五歲那一年，一切都變了。他們被不容分說地趕下船。

理由是食物中毒。

吃了他的料理以後，所有船員都發高燒病倒，拉斯薇特也不例外。

拉斯薇特也是奪走父親一切的元凶之一。

第四章

拉斯薇特第一次下船，是在剛滿十一歲的時候。

母親過世以後依然繼續搭乘的捕龍船，因為設備不良及船員減少而解散，無處可去的父親牽著她的手，來到內貝爾市。

聽說父親自從二十幾歲離開陸地以來，從沒和家人見過面，但是妹妹阿爾瑪卻帶著絲毫感受不到空白時間的笑容迎接了他們父女倆。

「哎呀，我還以為有熊來襲呢。」

說著，阿爾瑪緊緊擁抱哥哥，也給了露出僵硬笑容的姪女同樣的溫暖。拉斯薇特還記得，阿爾瑪雖然比父親瘦許多，那張又圓又塌的鼻子卻和父親一模一樣，給了她一股莫名的安心感。

至於長得像爸爸的錫安，拉斯薇特就不太喜歡了。錫安有著與父親、阿爾瑪不同的高挺鼻子、英氣凜凜的側臉，剛喪父的他情緒極不安定，初次見面的舅舅和表妹對他而言，只是威脅生活的闖入者，還沒說上話就已經敵意畢露。

父親認為雖然是親戚，但讓剛認識的年輕男女一起生活不太恰當——聽見父親偷偷跟姑姑說「我那孩子其實也有點難搞」時，拉斯薇特憤慨不已——因此後來另找了一個棲身之處，即是窮人的避難所，位於阿爾瑪家後山山腰上的赫倫修道院。

——太好了，拉斯，可以待在離天空比較近的地方。

父親如此笑道，但拉斯薇特撇開了臉心想「住哪裡都一樣」。又不是永遠都要住在這裡，從前也曾停靠在這座城市補給，現在只是從停留幾天變成停留幾週、幾個月而已。在陸地上生活沒什麼大不了的，甚至還比較方便。然而——

不到一個禮拜，拉斯薇特便有種心如刀割的感覺。

她完全沒料到自己竟是如此難以適應太陽遠在天邊、連風聲也聽不見的生活。

修道院的生活並不富裕，但是環境整潔，隨處飄盪著花香；既不會因為棉被破舊而冷得發抖，也不用為了怎麼打掃都無法消除的汗臭味而煩惱，而且每天都有熱水可以洗澡。不過，整潔生活的美好和深幽山林的寂靜反而讓拉斯薇特難以成眠。任憑她再怎麼豎耳傾聽，都聽不見代替搖籃曲的螺旋槳聲，只能寂寞地噙著淚水，抓住柔軟床單的一角。

直到此時，拉斯薇特才明白捕龍船上的生活不僅是父親的驕傲，也是自己的驕傲。她一直想擺脫滿是龍油味的生活，每次降落到城市裡，看到同年代的女孩穿著漂亮的洋裝，總是羨慕不已，還不斷向父親抱怨。可是，如今雖然如願以償，但無論是麻紗洋裝或是修女們分給她的精油，都無法讓她開心起來。

「妳又在看了？」

穩重的聲音將拉斯薇特的意識從回憶中拉回來。

對著坐在禮拜堂座椅上出神仰望彩繪玻璃的拉斯薇特搭話的，是修道院長朵瑞絲。朵瑞絲制止了打算起身的拉斯薇特，在她的身邊坐下來。

依舊如昔的白色肌膚上刻劃著深邃的皺紋。每次見面，拉斯薇特總會莫名地鬆一口氣，有種想哭的感覺。帶著溫厚的笑容與青草香的朵瑞絲。從阿爾瑪還小的時候，朵瑞絲就已是朵瑞絲，沒人知道她比現在更年輕時的模樣，只能推測她應該已經超過八十歲。她的存在本身就是內貝爾市最大的謎團。

「妳從以前就很喜歡這幅畫。」

朵瑞絲循著拉斯薇特的視線望去，一臉懷念地瞇起眼睛。

「每次妳一跑得不見蹤影，最後都是在這個地方找到坐著看畫的妳。」

「……有嗎？」

高高嵌在禮拜堂牆上的彩繪玻璃，上頭畫的是照耀著藍天的太陽，和散發著同樣光輝、擁有獨特三角豎鰭的龍。原本透過陽光的照射，這面彩繪玻璃可以將禮拜堂點綴得五彩繽紛，但是在這座城市完全無法發揮它的真正價值。

對於巴不得早日恢復原本生活的拉斯薇特而言，這面彩繪玻璃就是「天空」。直到拉斯薇特和父親一起登上最後的捕龍船——父親因為食物中毒事件而被趕出去的那艘船。

拉斯薇特微微地嘆一口氣。

「我並不喜歡，只是覺得很蠢而已。居然把這種東西當成神明崇拜。」

聽了拉斯薇特的挖苦，朵瑞絲眼尾的皺紋變得更深了。

「妳今天也不做禮拜嗎？」

「就算祈禱也沒有任何意義。」

誰都不會替我實現願望——拉斯薇特如此暗想。

自從在內貝爾市落腳以來，父親找到的工作，絕大多數都不允許他帶著小孩，拉斯薇特時常獨自被留在地上好幾個月。只有爸爸可以上天空，太狡猾了。寂寞感與日俱增，因此在拉斯薇特剛滿十五歲，父親終於找到也肯接納她的捕龍船工作時，拉斯薇特可說是歡欣雀躍。可以和爸爸在一起、可以和爸爸再度去天上旅行，拉斯薇特滿懷希望，在這座禮拜堂裡衷心感謝神。

然而——

短短三個月後，拉斯薇特和父親就被趕下船。非但如此，由於對方為了洩憤而散布的惡評，再也沒有船肯僱用父親。父親四處碰壁，後來終於死心，決定在修道院生活。

——為什麼？

拉斯薇特每天都懊惱地咬緊嘴唇。如此熱愛天空、熱愛飛船的他們，為什麼會被趕下船？

每當捕龍人的飛船到訪，拉斯薇特總能立即察覺，大概是因為她一直懷抱著夢想吧。夢想著迎風站在甲板上的日子，夢想著再次看見父親在狹窄的廚房裡使用有限工具與材料創造出豐盛菜餚的魔法。

仰望著彩繪玻璃，拉斯薇特祈禱過無數次：神啊！求求祢，賜給爸爸工作吧！不是幫阿爾瑪姑姑的忙，而是真的能夠讓爸爸活用魔法的工作；讓那些趕走爸爸的人早日來向他低頭道歉，懇求他回去工作。

可是，這樣的日子始終沒有到來。

不知是不是失去自信，不再進廚房的父親活在絕望之中，日益消瘦，看著拉斯薇特的視線也變得空洞無神。他終日仰望天空，期盼螺旋槳聲響起。

拉斯薇特覺得好孤單。

──我被天空拋棄了。

──我明明是在天空誕生的孩子。

懷著幾欲脹裂的心酸，拉斯薇特不再祈禱了。仰望彩繪玻璃的視線不再帶有安詳，而是憎恨。

「真虧院長能夠這麼虔誠。」

都這把年紀了──拉斯薇特勉強將這句粗魯無禮的話吞回去。即使如此，她的話語依然失禮至極，但朵瑞絲絲毫不以為意，露出了猶如從烏雲之間灑落的春光般的笑容。

「今天同樣感謝上天的恩賜。」

朵瑞絲對著彩繪玻璃交握雙手，閉上眼睛。見到她虔誠的側臉，拉斯薇特只覺得掃興。

拉斯薇特常想，這座城市的人把鮮少露臉的太陽當成守護神崇拜，實在是莫名其妙。根據朵瑞絲等人的說法，龍是太陽的化身，不時襲擊城市，是為了導正人們的行為。既然如此，將龍擊退或是拿捕獲的龍做生意，豈不是該被天打雷劈？但他們又堅稱，這是給予人們的試煉與恩惠。

——未免太方便了吧。

剛開始在修道院生活時，拉斯薇特也曾這樣對父親抱怨，但父親只是笑著說，信仰原本就是為了方便人們生活而存在的。

祈禱完後，朵瑞絲將交握的雙手放到膝蓋上。

「今天是怎麼了？妳現在很忙吧？聽說妳正在為這座城市貢獻妳的力量。」

「不必說得那麼好聽，我只是被人使喚而已，因為不能違抗上頭的交代。」

「不過，多虧了妳，旅客的病情都好轉許多。妳是個心地善良又能幹的孩子，令尊在天之靈一定也很開心吧。」

是嗎？拉斯薇特在嘴裡嘀咕。

開始烹煮照護餐，至今已過三天。船員們確實正在逐漸康復，錫安也說瓦娜貝爾的夥伴原本高燒不退，現在已經可以自行起身了。但也正因為如此，他們開始要求有飽足感的食物，拉斯薇特變得更加忙碌。拉斯薇特以忙碌為由避著瓦娜貝爾和蕾吉娜，卻又一直為此耿耿於懷。她知道自己沒有搭理她們的義務，但是在酒吧淺嘗到的自在感，卻像是殘香一般縈繞著她。這並未讓她感到開心，反而讓她喘不過氣。

她們似乎很關心拉斯薇特，時常來窯場探望她。然而，每當眼角餘光捕捉到她們倆的身影時，拉斯薇特便裝作忙著看顧手邊的鍋子，或是藏身於公務員之間。聽說她們連著三晚都去艾拉的酒吧貢獻營業額，拉斯薇特回家時便故意避開酒吧所在的那條路。

若是父親見了現在的拉斯薇特，大概會感慨她竟然變得如此厭惡捕龍人吧。不過，拉斯薇特沒打算對朵瑞絲說這些話。

「今天只是來借書而已，當作菜單的參考。」

「赫倫女士的？我說過了，直接送給妳就好。反正城裡會讀她的著作的，大概也只有妳一個人。」

「不行。就算今天沒有人想讀，說不定明天會有。是院長跟我說，這裡的所有東西都是要給有困難的人使用的吧？」

「……妳老是這麼一板一眼。」

朵瑞絲露出苦笑，把骨節分明的手放到拉斯薇特頭上，並順勢滑了下來，撫摸拉斯薇特的臉頰。瘦巴巴、冷冰冰又滿布皺紋的手，貼住拉斯薇特的肌膚，與她共享體溫。

朵瑞絲那雙如水晶般透亮的眼眸中映出的拉斯薇特，顯得不知天高地厚，卻又有股無依無靠的不安。打從以前開始，只要被朵瑞絲凝視，拉斯薇特就會覺得自己變得好渺小。她巴不得立刻發洩心頭的紛亂，卻不知道該說什麼才好。

「我很喜歡妳這一點。」

啞然無語的拉斯薇特只能努力壓抑從咽喉深處湧上的情感。就在她壓抑不住、淚水即將奪眶而出之際，朵瑞絲終於放開手。

「願上天也能賜福予妳。」

說完，朵瑞絲留下微笑，安靜地離去了。

拉斯薇特就像是要風乾濕潤的眼眸似地瞪大雙眼，微微地吸了吸鼻子。對於神和祈禱毫無興趣的她，之所以不時造訪這個地方，全是為了見朵瑞絲。阿爾瑪的丈夫過世後，隔年父親也過世，拉斯薇特在十六歲那一年成了錫安的妹妹。在那之前，這座修道院就是拉斯薇特的家。替拉斯薇特指引藥膳之路的，也是這裡。

拉斯薇特站起來，從禮拜堂角落的小書架上拿下一本書。寫著「赫倫處方」的這本書裡，記載著創立修道院的初代院長，同時是醫學家的赫倫開出的處方箋。

「找到了，就是這個、就是這個……」

為了轉換心情，拉斯薇特故意發出開朗的聲音。

打開肝丸湯那一頁，拉斯薇特喃喃念誦烹調法，好加深自己的記憶。拉斯薇特本身並不喜歡肝的口感，所以過去沒什麼機會烹煮這類料理，但是從瓦娜貝爾和蕾吉娜的吃相判斷，她們要的應該就是這種肉味十足的料理吧。她不能讓病人吃油膩膩的肉排，不過書上說這種用食材熬煮出來的高湯，對於內臟疾病和腹痛具有療效。

吃得正確、喝得正確，就有益健康。這是赫倫的教誨。

調節血液、黏液與膽汁——亦即肝臟分泌的消化液的均衡，就能維持健康，是赫倫的思想與醫術的基本。來查閱這本書果然是正確的決定，這下子就能滿足瓦娜貝爾她們的身心了。想起兩人面對料理時的笑容，拉斯薇特的嘴角自然而然地綻開，但是她並未察覺。

然而，她突然覺得好像在哪裡梗住了。

是什麼？她一面思索，一面瀏覽已經閱讀過好幾遍的文字，這才發現自己的視線無意識地停留在黏液這個字眼上，不禁歪頭納悶。最近好像看過同樣的文字，是在哪裡看到的？

就在她試著挖掘更多記憶的時候……

「原來妳在這裡啊。」

禮拜堂的門開了，熟悉的聲音響徹四周。

抬頭一看，是有些上氣不接下氣的錫安。

「難得你會來這裡。平時你總是說，走路要花三十分鐘很麻煩，完全不來。」

「我在找妳，賢妹。大家依照妳的指示開始備料，可是不曉得是否和昨天一樣就行……妳說過今天要增加新菜色吧？」

「……賢妹？」

拉斯薇特皺起眉頭，彷彿看見什麼噁心的東西。錫安癟起嘴說：

「是妳要我別叫妳『小妹』的啊。」

「話是這麼說沒錯……你的字典裡有『賢妹』這個詞嗎？」

「什麼意思？真沒禮貌。」

「我又沒說錯。是誰教你的？」
錫安一臉尷尬，視線四處飄移。
「……同事。」
他喃喃說道，看見拉斯薇特啼笑皆非的表情，似乎更不開心了，大聲辯解：
「沒辦法嘛！我不知道還有什麼叫法！要是我學媽媽叫妳『ㄚ頭』，妳一樣會生氣吧？」
「當然。」
「看吧！但如果每次都叫名字，又覺得怪怪的。」
「所以就叫『賢妹』？」
「我知道不適合我啦！」
見哥哥開始鬧脾氣，拉斯薇特不禁噗嗤一笑。她把手上的書放回書架上，克制著湧上的笑意，聳了聳肩。
「你真的很單純耶。」
「囉唆！真是的……不管我怎麼叫妳都有怨言。」
錫安在離自己最近的椅子上坐下來，氣呼呼地盤起手臂。他似乎剛上完夜班，黑眼圈看起來比昨晚更重。

鄰近的城市提供的醫生和藥品即將抵達，為了因應病患的病情突然惡化的狀況，最年輕的錫安奉命守夜。說歸說，白天他也沒得休息。雖說是分內工作，但他最近著實累積了不少疲勞。

拖著這樣的身子從碼頭走來這裡，想必很累吧。其實只是要找拉斯薇特，錫安大可以請其他人代勞，但是唯獨這件事他絕不假手他人，這一點很有他的風格。

「沒事吧？要不要睡一下？」

拉斯薇特難得如此好聲好氣，連她自己都感到驚訝。至於錫安，更是臉頰抽搐，微微挪開身子，彷彿害怕坐在身旁的拉斯薇特會對他下毒手。

真沒禮貌，我是關心你耶——拉斯薇特不顧自己也是半斤八兩，有點生氣。

得知拉斯薇特沒有不良企圖，錫安終於鬆懈下來，垂下雙臂，一副昏昏欲睡的模樣。

「不用妳說，我也會這麼做。上頭說我今天可以回家。」

「是嗎？那就好。」

「到了傍晚，又要值班到早上就是了……我才要問妳，妳不要緊嗎？」

「我？我有睡覺啊。」
「不是啦。前天妳不是去喝酒嗎？我聽瓦娜貝爾小姐說的。」
「幹嘛？你是要叫我別夜遊嗎？」
拉斯薇特輕輕瞪了錫安一眼，錫安又氣呼呼地否認了。他的表情看起來很好笑，拉斯薇特說了句「開玩笑的」，用肩膀頂了他一下。
「沒什麼，開開心心地聊天而已。」
「……那就好。」
不知道瓦娜貝爾可有把自己突然回家的無禮行徑告訴錫安？拉斯薇特懷疑了一瞬間，隨即又否定這個可能性。不知何故，拉斯薇特能夠無條件相信她們不會做出讓錫安白操心的事，也不會過問自己的隱私。
就算有人說了，也是艾拉。她知道拉斯薇特討厭捕龍人，也知道拉斯薇特父親的事。拉斯薇特和捕龍人一起上門光顧時，她雖然表現得若無其事，不過內心一定很驚訝也很擔心。
——照這個情況看來，姑姑八成也知道了。
阿爾瑪和艾拉，還有朵瑞絲至今仍把拉斯薇特當成十一歲的小孩看待，所以往往會過度操心。錫安也一樣，雖然對拉斯薇特的挖苦感到不滿，卻依舊滿臉擔心，頻頻窺探拉斯薇特的臉色。

「小……拉斯，要是妳真的覺得很難熬，我會去跟上頭說的。做了三天，窯場的人也漸漸掌握要領，只要妳示範一次，剩下的大家照著食譜做就行，沒有小……賢妹應該也可以。」

拉斯薇特懶得挑剔錫安結結巴巴的說話方式，投以冷淡的視線，露出賊笑。

「少騙人了，你根本做不到。」

「我做得到！」

「以『趨炎附勢』為信條的你嗎？要怎麼做？」

拉斯薇特嗤之以鼻，這回錫安真的變了臉色。

「別看扁我了。」

他一本正經地說道，將那雙因為睡眠不足而滿布血絲的眼睛轉向拉斯薇特。

「我是為了家人工作，而妳是我的妹妹。我沒那麼死忠，寧可讓妹妹受苦也要服從上司的命令。」

——啊，我知道這個表情。

拉斯薇特突然想起來了。

記得那是在父親的葬禮結束後，拉斯薇特獨自抱膝坐在修道院房裡的床上。那時候，錫安大步邁進男人禁止進入的房間，強行拉起拉斯薇特的手，對愣住的她說了一句話。

——回家吧。

那是她頭一次和錫安交談。

「……謝謝。」

拉斯薇特吐了口氣，喃喃說道，錫安的表情略微緩和下來。拉斯薇特竭盡所能地對哥哥露出微笑。

「沒事的，我沒你想的那麼軟弱。」

「可是……」

「你很煩耶，我說沒事就是沒事。」

「痛！」

拉斯薇特狠狠拍了錫安的背一下，錫安嚇了一跳。拉斯薇特這回輕輕地笑了。

「欸，別說這個。你可不可以別再用『賢妹』這個稱呼啊？我雞皮疙瘩都跑出來了。而且你一直改口，感覺好刻意，也讓我很不舒服。」

「啥……是妳起的頭耶！」

「我只是要你別叫我『小妹』。你這樣做表面功夫，我反而覺得很噁心。」

「那妳要我怎麼做啊……」

錫安面紅耳赤地說道，拉斯薇特裝模作樣地嘆一口氣。

「你真的沒搞懂耶。你沒發現我是在什麼時候要你別叫我『小妹』的嗎？」

「咦……」

「就是在你對我頤指氣使的時候。我很討厭那種時候的你。像現在這種時候，叫『小妹』就行了。」

錫安一臉意外，連眨了好幾次眼。

「……原來如此。」

錫安沉吟道。他真的懂了嗎？拉斯薇特半信半疑，隨即又露出苦笑。也罷。見哥哥一面撫摸背部，一面抱怨她渾身蠻力，拉斯薇特輕輕踢了他的腳一下。

「唉，都是錫安害的，早晨的神聖時光全泡湯了。你好歹也對守護神表達一下敬意嘛。」

「最不信神的就是小妹妳自己，妳還敢說……」

「啊，剛才的『小妹』是灰色地帶。」

「妳的界線太模糊了吧！」

「真拿你沒辦法。算了，走吧。今天的菜單已經想好了，得去備料才行。我會拿出我的壓箱寶來，讓病人和健康的人都吃得開開心心。你要感謝我喔。」

「嗯……我也可以吃嗎？」

「想吃就吃啊。不過在那之前，你要先洗個熱水澡，好好睡一覺才行。」

說著，拉斯薇特在略微遲疑過後，拉著錫安的手臂，催他站起來。

「好，快回家吧，哥哥。」

「……嗯。」

「只牽到下山為止，你可別得意忘形啊。」

拉斯薇特側眼瞪著一臉開心的錫安，和他手牽著手回家，並悄悄決定晚餐的湯要用洋蔥當湯料；腸胃好的人就加些切成四角形的吐司，放上乳酪烤一烤。那些總是在戶外工作、手腳冰冷的公務員們，應該也會很開心的。當然，尤其是走在身邊的哥哥。

因為那是拉斯薇特第一次為了陸地上的家人下廚時所做的料理。

◆

「逆鰭龍？」

卡佩拉將臉從盤子抬起來，如此反問。蕾吉娜大大地點了點頭。

「聽說是這座城市流傳的傳說。」

「逆鰭，意思是鰭是長反的，對吧？」

梅茵問道。

「應該是，而且是單鰭。」

「單鰭？」

「據說是被人類所傷，另一邊的鰭不能動，但牠還是靠著單鰭支撐巨大的身體繼續飛行，很厲害吧？牠的身體到底是什麼構造啊？欸，瓦妮，妳可不可以去宰了那條龍，讓我解剖？」

「那條龍在哪裡？」

「不曉得。」

「就算是瓦妮，也無法屠無影無蹤的龍啊。」

卡佩拉笑道，把視線移回盤子上。

「咦？真沒意思。」

蕾吉娜嘟起嘴巴，一旁的瓦娜貝爾將杯子送往嘴邊。自從一同喝酒的隔天以來，每到中午，蕾吉娜就會造訪昆．薩札號，一副理所當然地和她一起吃飯。

「反正沒有陽光，很涼快，在外頭吃比較舒適吧？」

說著，蕾吉娜擅自將廚房裡的桌椅搬到甲板上，優雅地用餐。卡佩拉和梅茵也很快就喜歡上外表豔麗性格卻大而化之的蕾吉娜，餐桌上的歡笑聲不絕於耳。多虧她，昆．薩札號找回了睽違已久的活力，瓦娜貝爾暗自感謝。

不過，吃飯這件事成了問題。

瓦娜貝爾在桌子底下悄悄地撫摸下腹部。自從來到內貝爾市以來，除了打掃船內以外，沒有其他需要活動身體的事可做，伙食又是一天三餐自動供應。平時那些食量大的男人們全都食欲不振，所以不用擔心配給的食物不夠大家吃；伙食的調味雖然清淡，口感卻很豐富，不會造成腸胃的負擔，吃多少都沒問題，以至於連食量不大的瓦娜貝爾都忍不住多吃了幾碗。再加上每天晚上都被蕾吉娜拉著去「龍之牙」──艾拉的店喝得昏天暗地，贅肉大概快出現了。

「話說回來，這種湯真的很好喝耶。阿義大哥才喝了一口就好感動，說等他好了，一定要跟煮湯的人聊聊。」

根據卡佩拉的說法，最後一口他是戀戀不捨地喝掉的。

起先瓦娜貝爾也懷疑肝丸這種對腸胃負擔較大的食物可否給病人吃，不過，或許是因為搗得很綿密，肝丸入口即化，而且完全不帶腥味。用鹽、胡椒以及肉汁熬成的高湯清澈得宛若泉水，反射著覆蓋天空的白雲，閃閃發光。

「聽說是加了有益身體的小麥捏成的，可以調節內臟機能。」

蕾吉娜朝著放在桌上的鍋子伸出手，一點也不客氣。見她把兩顆肝丸放進盤子裡，卡佩拉和梅茵「啊」了一聲，蕾吉娜笑著調侃她們：「還有剩啦。」

「她真的很有本事，唯一的缺點是態度很冷淡，不過我並不討厭頑固的人，甚至還挺喜歡的。我巴不得把她挖角到我們的船上。」

「她大概一秒就會拒絕吧。」

「我知道，可是我就是想要她嘛。我們的廚師該怎麼說呢？挺妙的。煮的伙食是不難吃，但就是有時候會加一些獨特的調味。明明不用冒險，單純照著食譜做就好了啊。」

蕾吉娜露出苦瓜臉。

「相較之下，拉斯的料理是讓人一吃完就期待下一餐趕快到來。聽說今天晚上是洋蔥湯，還會烤肝丸給腸胃好的人吃，好期待喔。」

「妳直接問她的？」

「怎麼可能？她連瞧都不瞧我一眼。我是找錫安問的。」

我想也是──瓦娜貝爾點了點頭。自從在酒吧道別以來，拉斯薇特一直刻意避免與瓦娜貝爾她們有眼神上的交流。

梅茵一面喝新添的湯，一面詢問：

「所以蕾吉娜小姐，逆鰭龍的傳說到底是什麼？」

「啊，對對對，差點給忘了。這件事我也問過錫安了。」

瓦娜貝爾很驚訝。他們已經混得這麼熟了？錫安確實比妹妹平易近人，但不是會在工作時和人閒聊的類型。蕾吉娜似乎看穿了瓦娜貝爾的心思說道：

「早上散步的時候遇到的。他的心情好像不錯，笑咪咪的，我猜這時候他的口風應該比較鬆，趁機問了很多問題。」

蕾吉娜說她平時一降落到城市裡，就會去逛藥局，主要目的是補給庫存稀少的藥劑或繃帶。然而每個地方流行的疾病不同，進的藥品也不同，因此稀少的基準也不盡相同，有時候可以買到意想不到的藥劑，而她最愛的就是獨門配方調製而成的軟膏等塗劑，因為這是研究不可或缺的。所以，她總是會盡量把沒看過的藥品買下來。

「比如說，之前酒吧的老闆娘不是提過花粉症嗎？那好像是整個城市共通的煩惱，藥局裡放了好幾種止鼻水的中藥和罕見的專用藥品。那時候我注意到門口插著一種鋸齒狀的葉子，這種植物的果實很臭，味道有點像薄荷，但是更辣一點，總之很奇怪就是了。後來我在城裡走動，看到很多店家門口都插著同一種葉子，就很好奇那到底是什麼。」

於是她問了錫安。

「聽說那叫棪樹，有驅魔的效果，不光是用來裝飾住家，城裡到處都有種植。幸好樹幹有我的兩倍高，只要別把鼻子湊近果實或是把果實踩扁，就聞不到味道。」

「驅魔？驅什麼魔？」

卡佩拉邊將眾人吃完的盤子疊起來邊詢問。蕾吉娜用細長的食指指著天空。

「逆鰭龍。據說牠平時會保護城市，可是人類一動歪腦筋，就會來襲。」
「歪腦筋？」
梅茵問道，蕾吉娜面露賊笑說：
「大概是捕龍之類的吧。」
「那怎麼行？這對於靠龍做生意的城市可是致命傷耶。」
「就是說啊，所以逆鰭龍說不定會來襲。聽說牠很可怕，巨大又強壯，光用尾巴就可以掃平這座城市。」
「要是真的有這種龍，早就謠言滿天飛了……」
「哎呀，可是我也聽過耶。」
卡佩拉歪起頭說。
「我聽過單鰭龍的謠言，不過不知道是不是逆鰭就是了。再怎麼幹練的捕龍人也殺不了的傳說中的龍。話說回來，是在這附近嗎……」
「別說了，卡佩拉。要是繼續說下去，船上那個貪吃鬼會爬起來的。」
「哦，就是那個比誰都貪吃的人？」
蕾吉娜的眼睛閃耀著好奇的光芒。

「他的狀況如何？恢復速度應該比別人快吧？」

「正如妳所料。他的精力很旺盛，所以我們必須全力攔著他起來。畢竟燒還沒退，病因也還沒找到，不能讓他出去亂跑。」

梅茵聳了聳肩。不過，她能說得這麼輕鬆，是因為所有病倒的人都已經度過危險期。先前他們燒得光是觸摸就快燙傷，現在燒幾乎都退了，食欲也逐漸恢復，再過不久，瓦娜貝爾她們大概就不能像現在這般續碗。最讓人擔心的是塔姬妲，不過今早起床時，她已經恢復到能夠埋怨「瓦妮姊，我好無聊」的程度，還說躺太久腰很痛。既然能夠察覺與疾病無關的疼痛，代表可以安心了。雖然塔姬妲仍然因為高燒的後遺症而犯頭疼，不時痛苦呻吟，但瓦娜貝爾的憂慮已然減輕許多。

這全是拉斯薇特的功勞。

真想向她道謝，不知道她今天肯不肯見我——蕾吉娜似乎又看穿瓦娜貝爾的這番心思，揚起嘴角。

「好啦，肚子填飽了，該出門了吧？」

瓦娜貝爾並沒有問要去哪裡。兩人拿著空的鍋子，前往外燴棚。

說來遺憾，窯場不見拉斯薇特的身影。

不過這幾天來，每到窯場就幫忙清洗鍋盆的行為似乎替她們贏得信任，一名白髮老人——自稱莫里茲的老人平時只是坐在木桶上喝茶，大概是負責監督的人吧——將拉斯薇特的行蹤告訴了她們。

「今天錫安休假，拉斯薇特替他送飯去了。」

如此這般，她們轉而前往拉斯薇特家。

如梅茵所言，尚未查明病因是什麼，瓦娜貝爾原本以為自己會被禁止入城，然而似乎沒有人擔心她們現在才發病。更何況……

「妳們每晚都在『龍之牙』洗澡吃飯吧？現在才禁也太遲了。」

老人笑道。他說得有理。

穿過通往高牆環繞的市區的大門，步行約十分鐘左右，即可抵達「龍之牙」。有別於早上已經散過步的蕾吉娜，瓦娜貝爾是第一次深入市區。地上鋪的白色石板久經踩踏，有些下沉；顏色雖然些微泛黑，卻打掃得很乾淨，除了小石子和葉子以外，沒有明顯的垃圾。多虧石板散發的光澤，即使沒有太陽，整座城市看起來也很明亮。

路上看見一個貌似清道夫的男人正在認真地拖地，瓦娜貝爾不禁重新體認到這座城市的好。居民對於船員也是照顧得無微不至，並沒有自掃門前雪、莫管他人瓦上霜的想法。

——還是說我只是因為受到他們的幫助，才給予過高的評價？

瓦娜貝爾暗想。不過，居民冷漠的城市往往在踏入的瞬間便能感覺出來。內貝爾市雖然缺乏陽光，卻沒有昏暗陰沉的氣氛。或許也和街景有關吧？瓦娜貝爾環顧四周，可見頂著橘色三角屋頂的房子很多，也許就是用來替代太陽的。嵌在牆上的玻璃窗也照亮了整座城市。

「妳看，那就是棪樹。」

蕾吉娜指著路邊栽種的細長樹木。厚實堅硬的葉片間長了無數淡綠色圓形果實。

「掉在地上的果實別踩到，要是踩爛了，味道會臭得讓妳眼淚直流。」

「妳試過？」

「用手指試的，結果大夥全都露出厭惡的表情，我花了好大的功夫才在和妳們見面之前把味道洗掉。」

難怪今天她噴的香水味道特別濃烈。

「聽說房子蓋得矮，是為了避免被龍發現。還說會躲在棪樹底下好藏身。」

「這麼說來，玻璃窗或許也不是為了採光，而是障眼法……對了，那條逆鰭龍上一次襲擊是在什麼時候？」

「誰曉得？至少錫安說他沒看過。不過，倒是有其他龍來襲過，一年頂多一次吧。」

「……頻率不低啊。」

瓦娜貝爾這才想起初次見面的時候，錫安也說過類似的話。粗暴的捕龍人為了屠龍不惜破壞城市，這一點引發了拉斯薇特的厭惡感。

這是個複雜的問題。

瓦娜貝爾也不想造成他人困擾，但是，有的龍身體大得足以覆蓋整座城市，若是遭受攻擊便會亢奮，弄得一發不可收拾，給城市帶來預期之外的損害。尤其昆．薩札號向來避免使用毒槍或電流槍，而是使用自古就有的武器，屠起龍來格外耗時。

聽完瓦娜貝爾的這番話，蕾吉娜說道：

「畢竟電流槍很貴啊。」

她的眼眸流露出明顯的同情，真失禮。瓦娜貝爾露出了苦笑。昆．薩札號在經濟上確實不寬裕，管帳的李時常翻帳簿精打細算，而靠著爆裂的壓力產生高壓電流的電流槍構造複雜，確實是比其他武器更加昂貴的高檔貨。不過，不使用電流槍的最大理由並不是價位。

「是因為肉會變難吃。」

「……啊？」

蕾吉娜一臉錯愕，連連眨動長長的睫毛，接著才意會過來，肩膀開始微微抖動。

「妳的船真的很奇特。」

正確說來，是那個男人很奇特——瓦娜貝爾如此暗想，困擾地聳了聳肩說：

「對吧？」

一樓是餐廳，一看就知道了。背後就是山，算起來接近郊區啦——正如莫里茲所言，住宅和店面的位置相當荒僻，讓人不禁多管閒事地擔心餐廳的生意是否興隆。

經過「龍之牙」，在第一個Y字路口往右走，接著在第四條橫路往右轉，到了前頭的Y字路口再往右走，走到盡頭的三岔路口以後往左直走，第五間房子就是了。快步走了三十分鐘之後，一直擔心的腸胃變輕了許多。

——就算荒僻，生意應該還是很好吧。

瓦娜貝爾不再操心了。那家餐廳供應的是拉斯薇特的料理，如果瓦娜貝爾住在城市的另一端，一樣會常來光顧。拉斯薇特的味道具備這等價值。

今天似乎沒有開店，玻璃門後是放下的淡黃色布簾。不過，好像有一股香味。瓦娜貝爾嗅了嗅，是種有別於砂糖的清澈甜味。

天然的花蜜香味。

「拉斯～妳在家嗎？」

蕾吉娜敲門，但是沒有反應。

「喂～拉斯～拉斯薇特～」

蕾吉娜完全不顧鄰居困擾，一再呼喚。瓦娜貝爾沒有理會她，而是自顧自地尋找環繞房子的香味來源。

接著，瓦娜貝爾發現了。房子旁邊的白色柵欄另一頭是一座庭園，她探頭窺視，只見裡頭不只種了玫瑰、薰衣草等她也認得的花卉，還有各式各樣的植物。甘甜卻莫名醒腦的療癒香味，應該是天然調合而成的吧。瓦娜貝爾暗忖，這一定是拉斯薇特的庭園。她彷彿可以看見拉斯薇特在香氣環繞下細心栽種樹木、摘取果實和樹葉的模樣。

「奇怪，她不在嗎？」

就在蕾吉娜手扠腰、皺起眉頭時，遠遠地傳來下樓梯的腳步聲。接著——

「……有何貴幹？」

門後的布簾拉開，板著臉孔的拉斯薇特探出頭來。

「嗯，這個好好喝喔！」

空蕩蕩的餐廳裡，蕾吉娜喝了一口拉斯薇特泡的花草茶以後，立刻發出歡呼。

「呃，我哥在樓上睡覺，能不能安靜點……」

「抱歉、抱歉，可是這個真的好好喝。其實我不太喜歡花草茶，不過這個要我喝多少都沒問題。裡頭加了什麼？」

「沒什麼特別的，藍莓葉和乾燥後的木莓果……還有什麼？大概是玫瑰吧。只是隨便加加而已。」

「隨便加加就這麼好喝？欸，說真的，妳要不要來我們船上？不行的話，至少把這種茶賣給我吧。睡前喝，對皮膚應該不錯。在天上不能老是喝得醉醺醺，我唯一的樂趣就是收集各種紅茶。欸，拜託啦。」

「可是，這不是拿來賣的……」

「咦？不然告訴我用的是哪些材料。話說回來，這應該是機密吧？不能隨便透露。」

「不，就像我剛才說的，只是隨便加加而已……」

拉斯薇特懾於蕾吉娜的氣勢，嘆一口氣。

「……如果妳這麼喜歡，送妳好了，不用錢。不過這是我自己在喝的，所以量不多。待會兒我會送到船上去。」

「咦？真的可以嗎？」

「要是不這麼做，妳會一直纏著我吧？」

「我好開心。謝謝妳，拉斯！妳真的是個大好人！」

「呀！」

蕾吉娜喜孜孜地抱住拉斯薇特，嚇了拉斯薇特一大跳，而瓦娜貝爾則是靜靜旁觀。突然找上門，白吃白喝還白拿，這種行徑與強盜無異，瓦娜貝爾原本擔心拉斯薇特對於捕龍人的印象會變得更糟，所幸拉斯薇特臉上只有困惑，不見嫌惡或憤怒。

或許她是拿蕾吉娜大小姐沒轍吧？這幾天下來，瓦娜貝爾也學到反抗蕾吉娜只是白費功夫的道理，而蕾吉娜具備了讓人容忍她的好人緣。

「啊，不過我會付錢的。如果妳不要現金，嗯，那用我珍貴的香水和妳交換如何？是龍涎香、麝香和茉莉花精油調合而成，純天然，香味不刺鼻，我覺得很適合妳。如果妳不喜歡，還有其他東西可以挑，來我船上試聞吧。」

氣勢完全被壓過的拉斯薇特瞥了瓦娜貝爾一眼。

「啊……呃……謝謝……」

「……妳也要嗎？呃，花草茶。」

「謝謝，如果不會太過麻煩妳，我也要。」

「是嗎？」

拉斯薇特垂下頭來，拿著茶壺回廚房補充熱水。從發紅的耳朵判斷，她似乎是害羞。瓦娜貝爾和蕾吉娜對望一眼，看來拉斯薇特並不討厭她們。

——那孩子的父親從前是捕龍船的船員。

這是艾拉在「龍之牙」告訴她們的。拉斯薇特的父親因為出了問題被趕下船，抑鬱而終。雖然不知道是什麼問題，但是艾拉相信，拉斯薇特的父親絕不會做出任何被人指指點點的虧心事，否則養不出像拉斯薇特這樣的好女孩。

瓦娜貝爾與蕾吉娜不置可否地點了點頭。

說來遺憾，兩人都知道父母的秉性不見得會遺傳給孩子，而且好人也有可能做壞事。說歸說，捕龍人性情暴躁的不少，有些甚至犯過在陸地上無法生存的罪。拉斯薇特的父親遭受不合理待遇的可能性很高，而且這樣就能夠解釋拉斯薇特為何那麼討厭捕龍人。不過，瓦娜貝爾她們不明白原委，也不想過問。她們知道的只有一點，就是正如艾拉所言，拉斯薇特是個好女孩。

「我有個妹妹。」

後來在半路上，蕾吉娜對瓦娜貝爾說道。

「如果還活著，年紀跟拉斯差不多大，所以我總會忍不住關心她。」

瓦娜貝爾沒有多問。

瓦娜貝爾沒有兄弟姊妹。正確說來，她有同父異母的手足，不過她從未見過，也毫無興趣。她只對自己的家人感興趣，而在搭上昆・薩札號之前，她滿腦子想的都是要如何活下去。然而，即使沒有像蕾吉娜那樣淺顯易懂的理由，她依然關心拉斯薇特。大概是因為嘗過人情的溫暖吧，還是因為身旁有個向來活潑開朗的塔姬姐，所以對於年歲相仿的拉斯薇特那若隱若現的陰影感到好奇呢？

——應該不是。

瓦娜貝爾心想，是因為相像。

拉斯薇特眼眸中的少許孤獨感，以及即使有如此愛護自己的哥哥在身邊，依然無法拂拭的不信任之色，這和從前的瓦娜貝爾有些相像。

瓦娜貝爾不知道拉斯薇特的過去和隱情，也不怎麼想知道。不過，瓦娜貝爾本能地被拉斯薇特的某種特質吸引，理由不得而知。說歸說，瓦娜貝爾並不是想為她做什麼，只是莫名地掛懷。

「久等了，這是茶……還有，我想請妳們看看這個。這是我爸留下來的東西。」

拉斯薇特將冒著熱氣的茶壺和一本老舊的筆記本放到桌上。打開一看，筆記本上頭是密密麻麻的圓潤字體，似乎是食譜。白醬的製作方法、厚切肉排的美味煎烤法、金黃色湯頭的熬製法……除了這些料理的基本以外，還有烘肉捲、鄉村肉凍、油封胗及肝醬的製作方法等等。食譜間不時用潦草的字跡寫著「蕾拉說很好吃」、「蕾拉喜歡軟骨的口感，買到以後要加進去」等字句。

「蕾拉是我媽的名字。這本筆記好像也當成日誌使用……我覺得奇怪的是這部分。」

瓦娜貝爾和蕾吉娜看向拉斯薇特所指的部分。

『龍胃的黏液有股甜味，黏性比平時強。為了安全起見，試吃觀察情況，一週後並無異常。』

這代表什麼？瓦娜貝爾抬起頭來，只見拉斯薇特眉頭深鎖，瞪著筆記本。

「……在這天的兩週後，吃了我爸做的料理的人，全都因食物中毒病倒了。」

拉斯薇特吐出這句話，瓦娜貝爾和蕾吉娜都無意識地打直腰桿。

「蕾吉娜小姐，妳說過吧？可能不是食材壞掉，而是不小心吃了有毒的東西。可是，你們吃的東西和平時並沒有不同。」

「……嗯，是啊，我這麼說過。」

「所以我就想，會不會是平時常吃的東西……比如龍肉，因為某種理由壞掉了，但是光從外觀或味道無法判別。」

比方說那條龍其實生病了。

船員吃的是不健康的肉。

拉斯薇特滔滔不絕地說道：

「血液、黏液和消化液……這是赫倫女士的教誨，只要這三者均衡，人類便能保持健康。龍是不是也一樣？黏液呈現異常狀態的龍罹患了某種疾病，我爸沒察覺這件事，自己吃了也沒問題，就放心給大家吃，結果大家都……」

「冷靜點，拉斯！」

蕾吉娜大喝，抓住拉斯薇特的雙肩。拉斯薇特這才回過神來，緩緩地眨了眨眼。

「啊……呃……我……」

「吸氣。」

瓦娜貝爾說道，拉斯薇特將那張由青轉白的臉轉了過來。瓦娜貝爾望著她的眼睛，又重複一次：「吸氣。」拉斯薇特微微張開顫抖的嘴唇。沒擦口紅依然呈現淡桃紅色的嘴唇，現在同樣是血色全失。

「慢慢地大口吸氣，然後吐出來。」

在瓦娜貝爾一派鎮定的聲音引導下，拉斯薇特做了幾次深呼吸。見她的臉頰微微恢復紅潤，瓦娜貝爾和蕾吉娜都鬆一口氣。

「……剛才妳說的都是臆測，沒有任何證據。」

蕾吉娜說道，讓拉斯薇特坐下來，並抱住她單薄的肩膀。瓦娜貝爾倒了杯花草茶，拉斯薇特用顫抖的手接過，放到嘴邊卻喝不下。她咬緊牙關，裊裊上升的熱氣濕潤了她的眼；她的鼻孔張大，似乎是在強忍淚水，近似嗚咽的氣息從齒縫間漏出來。

蕾吉娜溫柔地撫摸拉斯薇特的背部，繼續說道：

「對……關於妳父親，是沒有證據的。」

她的語氣有些恍惚，彷彿是自言自語。

拉斯薇特仰望她的側臉。蕾吉娜瞪著半空中，若有所思。

「欸，瓦妮，之前肢解的龍肉還沒處理掉吧？」

「對。公家的人拿走了，說為求慎重起見，要等支援的醫生來了以後再檢查，我想應該還沒處理掉。」

說到這裡，瓦娜貝爾露出恍然大悟的笑容。

「妳要去檢查？」

見瓦娜貝爾一點就通，蕾吉娜的臉上浮現歡喜的微笑。

「我真是喜歡妳。」蕾吉娜用力點了點頭。「這番話很有道理，不能用臆測兩個字帶過。拉斯，說不定妳有了重大發現。」

蕾吉娜略微興奮地訴說。拉斯薇特仍然有些困惑，用濕潤的眼眸望著她。

第五章

有股很好吃的味道——米卡在被窩裡抽動鼻子。

雖然窗外沒有光線射進來，船艙還是比上次醒來時更加明亮幾分，可以判斷出大約剛過午飯時間。

不曉得自己睡了多久？腦袋發涼，宛若從內側打了釘的痛楚也尚未消失；燒雖然退了，但要坐起身子依然很吃力。剛成為捕龍人的時候，他也曾因為目測失誤而撞上龍尾、著地失敗，受了動彈不得的重傷，但是搭上昆・薩札號以後，他連感冒都沒得過，因此心生大意，甚至忘記一生病身體就會不聽使喚。

說來不知是幸或不幸，精神倒是從發燒病倒至今都強韌如昔，或者該說是他自以為強韌如昔比較正確。由於一直處於半夢半醒間，除了有人送飯來的時候，他的意識都是輕飄飄的。即使如此，不，或許正因為如此，龍的氣息感覺起來比平時更強烈，能夠替原本打算獨自屠龍的瓦娜貝爾助陣，也是因為這個緣故。

之後，米卡一直感受著倒在船上的龍的氣味，為了不能吃牠而遺憾不已。梅茵來通知他船已經登陸的不久後，氣味就變淡了，想必是在沒有男人幫忙的狀態下設法肢解了吧。米卡在腦海中描繪著對峙時龍的模樣，想吃的念頭變得更強烈。他不像賈賈那樣能夠畫出美麗的畫作，倘若他能完美重現烙印在眼底的那條龍，大家一定會驚訝他竟然從鱗片的光彩到龍爪的形狀都記得一清二楚。能夠那麼隨心所欲地操縱尾巴，內側的肉一定富含蛋白質且充滿生氣，想必很好吃吧！米卡吞了口口水。即使胃腸無法再承受任何負擔，食欲仍舊沒有消失，大概是因為龍的氣息再次接近了。

有股味道，像雨後的森林裡瀰漫的那種清澈空氣的甘甜味，也像是猛獸從樹木後方鎖定獵物時的亢奮氣息。

在哪裡？米卡聚精會神，靠著五感查探因為倦怠感與空腹感而不像平時那樣順利掌握的氣息。不知不覺間，他又沉入夢鄉。

再次醒來時，他聞到的是更明確地刺激胃袋的味道。

「你的眼睛真的很利，不對，是鼻子真的很靈。」

端著托盤苦笑走來的是阿義。

「那是剛才吃過的肝丸嗎？」

「正確答案。我把剩下的肝丸熱了一下。你吃得下嗎……這個問題太蠢了。」

米卡坐起比睡著前輕盈些許的身子。快好了，他揚起嘴角。只要跟冬眠的熊一樣繼續窩在被窩裡睡覺，不久後便能夠活蹦亂跳。

「你的精神真好啊。比你先病倒的巴達金，到現在還是沒有食欲。」

阿義仰望睡在米卡上鋪的巴達金。雖然靜得像是不在場，不過豎耳傾聽，可以聽到他淺短的鼻息聲。

「哎，不吃東西的米卡只會讓人不安，所以這是好事。」

米卡接過盤子以後，阿義便在地板上盤腿坐下來，把臉湊向自己的湯，用力地吸一口氣，鼻子幾乎快泡進湯裡。雖然沒有模仿的意思，不過米卡也自然而然地做出相同舉動。自從降落到內貝爾市以來，只要蒙頭大睡就會自動送到面前的伙食，全都溫和不傷胃又充滿能量，米卡一直暗自佩服。

「聽說瓦妮已經和那個廚師交上朋友，之後我想請她幫我介紹一下。」

「哦？」

米卡的腦中浮現與「結交朋友」四字格格不入的她那張淡泊的臉龐。啊，不過她和塔姬姐倒是走得滿近的，可說是好拍檔。思及這一點，可以猜出那個廚師大概是女人。雖然瓦娜貝爾並不會用性別或職銜來判斷要不要與對方結交，但米卡就是有這種感覺。

「記得把食譜問出來。這種湯很濃郁，肝丸用烤的應該也很好吃。」

「哦，聽說晚上會送烤肝丸過來。做成肝醬塗在長棍麵包上，應該也很好吃吧。」

阿義看著米卡咕嚕作響的肚子，抖動肩膀笑了起來。

「就連在這種時候，你還是老樣子，很有安定軍心的效果。你還記得嗎？你一直想起床，是卡佩拉她們用盡全力阻止你。」

「咦？我以為我有乖乖睡覺耶。」

「連無意識的時候也坐不住，真拿你沒辦法。」

不知道是不是因為笑了的緣故，阿義的臉頰染成紅色，看來他已經好多了。米卡也揚起嘴角。

阿義的責任感向來很強，起初一定懷有罪惡感，認為是自己害得大家變成這樣。病剛好時，他的眼中帶有不同於大病初癒的另一種陰影。後來多虧卡佩拉不厭其煩地說明其他飛船上也有人生病，或許是有未知疾病在天上蔓延，連醫生也查不出病因，阿義的身心才逐漸恢復生氣，和最先病倒也最快痊癒的吉布斯一起就能力所及的範圍內打理船艙。他一會兒回收沾滿汗水的床單，一會兒準備擦拭身體的毛巾，十分勤快。米卡在半夢半醒間曾聽到瓦娜貝爾勸他多休息，但他說不能開伙，閒得發慌。

「人的性子是不會因為生場病就改變的。」

米卡叼著湯匙，聳了聳肩。

「再說，鬧個肚子就沒食欲，要怎麼活下去？」

米卡邊吃邊說話，阿義立刻皺起眉頭嫌他髒。不過，他回答「說得也是」時的眼神卻很柔和。

「這麼一提，從前也有人對我說過，要是因為被龍打傷而畏縮，就等於輸了。」

米卡一面用舌頭品味肝丸的湯汁，一面回憶。人類是軟弱渺小的生物，不可能不受傷，所以別害怕受傷，理所當然地背著傷痕活下去——教導米卡捕龍人守則的男人替他包紮手臂時說的這番話，至今仍深深烙印在他的心底。

我的狀況果然不好嗎？米卡喝下最後一滴湯。平時連那人的臉孔都不曾在腦海中浮現過，米卡為自己的反常心煩意亂。

「食物中毒的原因到現在還沒查出來嗎？」

「好像是。錫安先生也在嘀咕，說再這樣下去，找出原因之前大家就先康復了。啊，錫安先生是內貝爾市的引船人。」

「康復很好啊，有什麼好嘀咕的？」

「話是這麼說，可是船員都是急性子，一康復搞不好就會立刻啟航。這種病同時感染了那麼多人，他大概是不願意在找出對策前放我們回天空吧。」

「哎，那倒是……這麼說來，我們得被困在這裡一陣子？這可傷腦筋。」

「不上天空就沒得賺錢啊。雖然目前伙食是免費供應，可是沒人保證以後也會繼續免費。好不容易獵到的龍也被收走了，李正抱著還在痛的肚子拚命地打算盤呢。」

米卡戀戀不捨地將空盤子翻過來，癟起嘴巴。他感覺得出來，大概再過兩天身子就會痊癒。倘若是瞬息萬變的天上倒也罷了，要待在地上，而且是成天關在船裡，老實說，米卡沒有忍耐得住的把握。

「哦，阿義，你在這裡啊。」

一道急促的腳步聲接近，只見吉布斯從半開的門探出臉。昆・薩札號上體格最健壯的他，臥床幾天之後，肌肉看起來似乎變小了。他看見米卡手邊的盤子，露出像是苦笑又像是鬆一口氣的表情，並用拇指指著甲板方向。

「錫安來了，可能是來詢問阿義身為廚師的意見。」

「意見？我的？」

阿義睜大眼睛。

「聽說問題可能是出在龍肉上，不知道是吃到不能吃的部位，還是肉本身有什麼原因壞掉了。」

「說得不清不楚的。」阿義歪頭納悶。

「錫安自己也是邊說邊納悶。他好像也不知道是怎麼回事。活像傳話遊戲。」

「知道了，我去聽聽他的說法吧。」

嘿咻！阿義站起來，伸手打算接過米卡的盤子，但米卡只是凝視著盤底，一動也不動。

「怎麼啦？米卡，你繼續盯著看，就算能把盤子看穿，也不會再生出一份喔。」

吉布斯調侃道。

米卡沒有回答，依然文風不動。吉布斯和阿義面面相覷。

「喂，米卡……」

「部位。」米卡突然喃喃說道，終於抬起臉來，確認似地看著兩人。「這麼一提，有個部位只有我們有吃。」

聞言，兩人眨了眨眼。有嗎？他們先是露出訝異的表情，隨即又同時「啊！」了一聲。

「我記得塔姬姐也有吃。」吉布斯說道。

「咦……難道是那個？」阿義用手摀著嘴巴。

「這件事最好告訴那個叫錫安的人。」

米卡說道，阿義慌慌張張地離開房間，連盤子都忘記收。他的臉頰似乎比剛才更紅了。米卡一面目送吉布斯踩著啪嗒啪嗒的腳步聲隨後追去，一面抽了抽鼻子。

又來了——又聞到好吃的味道。

不是湯的殘香，而是平時那種讓他的本能高昂起來的味道。

有龍接近中。在半夢半醒間感覺到的氣息越來越近，如今米卡更加確信了。

◆

瓦娜貝爾她們被帶往一座冰冷乾燥的寬敞倉庫，聽說平時是內貝爾市首富用來停泊飛行船，現在則是拿來保管從各艘飛行船上回收的食材。

「找不到其他合適的地方，因為量太大了。」

負責說明的是名叫德克的年輕醫師。他是在窯場吃午飯時被叫出來的，但依然很樂意替瓦娜貝爾她們帶路。

「說明原委後，他一口就答應借給我們使用。前天碼頭邊緣不是多了艘金光閃閃的飛行船嗎？」

「哦，就是那艘……」

很俗氣的船——瓦娜貝爾把後半句話吞回去。德克似乎了然於心，對她投以意味深長的視線。

「他是個好人，品味姑且不論。」

剛剛才聽過同樣的評價，而且被評價的不是別人，正是德克。瓦娜貝爾瞥了站在身旁的拉斯薇特一眼。那是在拜託錫安讓她們檢查龍的時候，錫安表示他分不開身，要介紹負責保管的醫生給她們認識。他雖然有點奇特，不過是個好人，對外地來的客人應該會遵守禮儀——瓦娜貝爾看見拉斯薇特聽了錫安的說明，撇了撇嘴。等候德克的時候，她便詢問拉斯薇特德克是個怎麼樣的人，得到的是兜了好大一圈的答案：是個行動力很強的人。

根據拉斯薇特所言，德克是城裡最受信賴的老醫師所收的徒弟。老醫師已經年過八十，需要出診的時候或是緊急時刻，通常派德克代勞。雖然大家都很感謝不辭勞苦四處奔波的德克，但是如果可以，還是希望由老醫師看診，是大多數人的心聲。

「他的醫術是很高明，可是品行有點問題。年長的人大多認為成天泡在酒吧裡的浪蕩子不值得信賴，所以不喜歡他。他本來在大城市的大學裡做研究，知道家鄉缺醫生才回來，說起來是個愛鄉愛土的熱心好人。」

看得出拉斯薇特盡可能地淡然說明，但是越說臉色越臭。瓦娜貝爾以視線詢問，只見她話中帶刺，剛才那副淚眼汪汪的模樣彷彿是幻影似的。

「尤其是對於女性過度熱心，所以流言蜚語和紛爭不斷。」

「妳看起來就是會討厭這種男人的人。」

蕾吉娜調侃道，拉斯薇特的臉龐更加扭曲了。

「如果是在和我無關的地方，隨他要怎麼花天酒地都行，可是他因為和我哥是同學，老是擺出一副跟我很熟的態度，我從以前就覺得他很煩。」

正如這番話所示，頂著長長瀏海現身的德克，一察覺拉斯薇特便輕快地揮了揮手，臉上討喜的笑容也變得更燦爛。他的態度不像是有意追求，看得出只要是認識的女性，他都會做同樣的事。對於瓦娜貝爾與蕾吉娜，在帶領她們來到倉庫之後，他依然貫徹公事化的態度，這一點令人頗有好感，但還是可以隱約看出些許輕浮之色，不難預料距離一旦縮短，他立刻會侵門踏戶。

「我倒是不討厭這種類型的男人。」

蕾吉娜說道，瓦娜貝爾也沒有異議。反過來說，只要自己別卸下心防，這種男人就會繼續保持適當的距離。

「話說回來，沒想到拉斯薇特會協助各位捕龍人，我實在很意外。聽說伙食也是她幫忙準備的。」

德克的話雖然是對著瓦娜貝爾她們所說，視線卻是停駐在拉斯薇特身上。

「她的料理是內貝爾第一。城裡的人也都說，大家能夠順利康復，全是因為有拉斯薇特。」

「……是嗎？」

拉斯薇特的不悅之情，比面對錫安時更加露骨。看見她這種孩子氣的態度，蕾吉娜忍不住笑出來，而冰冷視線的矛頭隨即轉向她，讓瓦娜貝爾暗自慶幸自己沒有表露在臉上。

當事人德克似乎完全不以為意，用手掌指向堆積如山的食材。

「點檢已經完成，請自便。並沒有產生有毒氣體之類的狀況，用手摸應該沒問題。我們已經就可能的範圍內檢查過了，沒發現這些保管物品有任何明顯的異常。」

「我想也是。」

蕾吉娜說道，德克微微挑眉。

「啊，抱歉。」蕾吉娜像是模仿他似地擺了擺手。「我不是瞧不起你，而是我們船上的基本設備很齊全，如果有明顯的異常，我應該也會發現。」

「原來如此。」

那幹嘛來這裡？德克的臉上露出狐疑之色。

「就我們的見解，這些肉之所以沒問題，是因為回收的時候還新鮮。至於各位吃進肚子裡成為病因的食糧，應該是龍肉因為船隻衛生環境及保存狀態不佳而劣化了。」

「就是因為可能不是這麼回事，我們才來這裡。」

「您的意思是？」

「比方說，龍的體內發生前所未見的疾病。」

德克一臉錯愕，一瞬間沉默下來。

「……您是認真的？」

「嗯，總不能忽視拉斯給的線索嘛。」

「拉斯？」

只知道她們想檢查食糧的德克一臉意外，再次望向拉斯薇特。拉斯薇特用力抱住父親的筆記本，眉頭皺得更緊。

蕾吉娜戴上隨身攜帶的醫療用手套，在幾天前親手肢解的龍的各部位保管箱前蹲下來尋找胃袋。她用指尖沾了些黏液，一臉認真地檢查。「感覺起來的確比一般的更黏。」接著又湊近鼻子，待高挺的鼻梁近得幾乎快碰上龍的胃袋時，她先微微抽動鼻子，接著又像是深呼吸一般，嗅了嗅氣味。

「……好像有股甜味。」

瓦娜貝爾也在一旁蹲下來，用左手壓住垂落的髮絲以免沾上，並和蕾吉娜一樣觸摸黏液、嗅了一嗅。經蕾吉娜一說，確實是黏答答的，而且有股甜味，但和平時聞到的油脂甜味究竟有何不同，沒有實際比較過的瓦娜貝爾無從分辨。平時只接觸過市售龍肉和油脂的德克，也和瓦娜貝爾一樣歪頭納悶。

「妳在發什麼呆？拉斯薇特，妳也來確認啊。」

蕾吉娜的聲音飛來，拉斯薇特不禁身子一震。面對懼色畢露的拉斯薇特，蕾吉娜毫不留情。

「是妳起的頭耶。妳不想知道真相嗎？」

犀利的言詞讓拉斯薇特更加膽怯了。

不過，她只遲疑了一瞬間，隨即咬緊牙關，嘴唇抿成一直線，抱著筆記本奔向蕾吉娜。她頂著一張依然蒼白的臉，首先凝視胃袋，確認顏色與形狀，接著又湊近鼻子，瓦娜貝爾則是守候在一旁，望著她的側臉。

「……是山的香味。」她輕聲說道。

「山？」

瓦娜貝爾三人的聲音重疊。

拉斯薇特戰戰兢兢，但毫不遲疑地點了點頭。

「我不知道該不該用甘甜來形容，就是很像走在山裡……樹林間時感受到的那種澄澈空氣的香味。雖然只是隱隱約約而已……」

「是接近花香的意思嗎？」

德克似乎被甘甜這個字眼給吸引了，如此詢問，但拉斯薇特搖了搖頭。

「比起花蜜，更像是樹汁。不過，這是異常情況，還是時常發生在龍身上的情況，我就不清楚了。」

拉斯薇特一度閉上嘴巴之後，又有點遲疑地說道：

「不過烹調的時候，為了留意食材有沒有腐壞，鼻子總會變得特別敏感。就我的記憶，好像沒有聞過這種味道。」

蕾吉娜的眼底閃過光芒。她吐了口氣，拿下手套，仔細確認觸感與氣味。

一旁的瓦娜貝爾則是閉上眼睛，呼吸氣味。經拉斯薇特一提，似乎是有點甜味，但是並不鮮明，反倒讓她想起獵殺這條龍時的情景。閃耀著七色光輝，舞動長尾，身負重傷的龍。一想到那條散發著血腥味與濕黏餿味的龍，體內竟瀰漫著讓人聯想到森林的甘甜氣味，便有股不可思議又近似感動的衝擊撼動她的心靈。

如果是米卡，或許聞得出來吧。

瓦娜貝爾環顧堆積如山的龍肉。能不能帶一部分回船上呢？既然拉斯薇特的父親曾察覺異狀，說不定阿義也可以。

抬起臉一看，拉斯薇特和蕾吉娜已經離開瓦娜貝爾身邊，正以龍為中心，檢查昆．薩札號以外的食糧。不久後——

「全部的龍都有同樣氣味。」

拉斯薇特如此宣言。

聲音雖細，卻帶有身為廚師的自負與確信。

「像不像樹汁我不知道，不過我也覺得有同樣的氣味。」

蕾吉娜面色凝重地點了點頭。

「龍的體內構造大致上相通，不過依個體不同，相異之處也很多，吃的東西應該也會影響分泌液散發的氣味……可是，這些龍的氣味都一樣，確實有點奇怪。」

「值得調查？」

面對瓦娜貝爾的問題，蕾吉娜又點一次頭。

「雖然是個大工程，不過黏膜異常，補強了龍染病的可能性。如果能夠證明這一點，就能說食物中毒不是環境不衛生造成的，而是因為吃了有毒的東西。」

說著，蕾吉娜對拉斯薇特投以溫柔的視線。

「或許也可以洗刷妳爸爸的汙名。」

拉斯薇特瞪大眼睛回望蕾吉娜。她的嘴唇微微張開，彷彿想說什麼卻又停住，表情依舊僵硬，發青的臉色也尚未復原，臉上露出害怕懷抱希望的複雜表情。

「這下子我更有幹勁了。」

打破沉默的是語帶戲謔的德克。

「如果能幫上忙，拉斯就欠我一份人情。豈能放過這個大好機會？」

「……你要提起幹勁別扯上我，這是你的分內工作。」

「所以我才說『更有』啊！」

德克泰然自若地說道。

「妳大概不明白，要從前所未見的症狀找出病因，是件很困難的事。我很優秀，所以就算沒有幹勁，還是可以得到常人以上的成果。不過為了妳，我會用上所有可用的時間全力以赴。這樣的辛勞值得妳免費招待我吃一年份的飯。」

「……你這樣真的很煩。」

「隨妳去說。等到找出病因以後，妳就不能再嫌我煩了。」

「啊，煩死了煩死了煩死了！」

拉斯薇特又板起臉孔，焦躁地說道。

瓦娜貝爾和蕾吉娜對望一眼，暗自竊笑。雖然距離「柔和」二字尚遠，但是消除了緊張的表情，倒也算得上是拉斯薇特的「好臉色」。

◆

錫安用「賢妹」稱呼自己，拉斯薇特會感到那麼不舒服，說穿了也是因為德克。和錫安相比，德克的言行舉止向來溫文有禮，但是和他說話，拉斯薇特常有種被挑釁的感覺。「殷勤無禮」這句話，拉斯薇特是在認識他以後才明白。

真是的，每次見面都很煩躁——她深深地吐了口氣。

不過，多虧他才得以轉換心情也是事實。從修道院回來，發現父親筆記本中的註記時，她的血液彷彿從頭頂退去，全身上下都變得冷冰冰。她一直認為父親沒有錯，或許只是一廂情願而已。她總覺得，即使父親的伙食真有不備之處，也是因為捕龍人不改善不衛生的環境，不是父親的過錯。

幼年旅行時——當時她雖然年紀還小，卻記得認識母親的人們搭乘的那艘船坐起來舒適無比。相較之下，最後搭乘的那艘船，不，除了最初搭乘的那艘船以外的男人們都很粗暴，對待拉斯薇特的態度也是蠻橫無理，有時甚至會對她說些令人發毛的話語。後來在陸地上認識的捕龍人也都是這副德行，讓她不得不相信這才是捕龍人的常態，只是最初那艘船與眾不同。

對天空的印象逐漸被醜化，即使如此，她還是想待在天上。就在她為此糾結之際，發生了食物中毒事件。

全是那些人的錯。

拉斯薇特一直靠著這麼想來排解心中的憤懣。不過——

「……其實我知道。」

前來支援的醫師團正好抵達，拉斯薇特留下自願協助調查的蕾吉娜，和瓦娜貝爾一起返回碼頭。半路上，她如此喃喃說道。

「不是捕龍人的錯，是爸爸挑的船有問題。在天上找廚師的工作真的很困難。有錢人的船雖然會一次僱用好幾個廚師，可是沒有介紹信進不去，再不然就是船上已經有固定的廚師，所以，缺人的通常是短期就解散的船，而這類船的船員，脾氣大多比較火爆。」

雖然也有正常的徵才，不過這種船通常是在世界各地奔波，持續著沒有終點的旅程。父親以身為廚師為榮，但是同樣重視拉斯薇特，絕不會接受無法回到拉斯薇特身邊的工作。

「要是早點對天空死心，爸爸最後的人生是否會過得比較幸福？或是……」

——早點放棄我的話……

說這種話，只是徒增瓦娜貝爾的困擾而已。拉斯薇特吞下話語，看著腳邊，避開地上的棪果走路。

瓦娜貝爾並沒有對突然沉默下來的拉斯薇特說什麼，只有她的靴子踩在白色石板路上的聲音響徹四周。

不久後，宣告下午三點的鐘聲響起。城中央的鐘樓每隔三個小時會敲一次鐘。一過午後三點，太陽便會躲到山後，濃雲密布的天空變得更加昏暗。說不定會有龍來襲，所以晚上六點的鐘一響就得快點回家——內貝爾市的小孩都是聽這句話長大的。晚上九點以後不許外出，則因為這是龍在寂靜的天空裡翱翔休閒的時間。

拉斯薇特仰望雲層覆蓋的天空。其實她的內心深處一直期盼著龍從雲層間探出頭來的那一天。如果龍來了，就躲到棪樹底下——錫安是這麼教她的，所以她曾在晚上九點過後偷偷溜出家門，倚著樹幹，滿心期待龍的來臨。如果被阿爾瑪知道就會挨罵，所以拉斯薇特總是偷偷摸摸的。

只有一次被父親發現了。拉斯薇特原本以為父親會斥責她，但父親卻把手放在她的肩膀上，一起仰望天空。拉斯薇特輕喃：「看不見星星耶。」父親回答：「等到天亮吧。妳喜歡黎明的天空吧？雖然不能登山，不過今天的雲層比平時薄，或許從地上也看得見天空。」說著，父親拿了毛毯來，兩人一起裹著毛毯等待天明。空氣微微地變暖時，她大為期待，可是除了雲層的透明感與亮度逐漸增加以外，天空沒有任何變化。早上六點的鐘聲響起以後，兩人便默默地回家了。

在那之後，拉斯薇特便不再等待龍。

「妳想回天空嗎？」

瓦娜貝爾突然問道。拉斯薇特喜歡她那不帶任何同情或好奇的淡然聲音。

「不知道，記憶已經模糊了。」

摘野草、烹煮讓市民吃得開開心心的料理，這種平淡無奇的生活給予拉斯薇特安穩的幸福。拉斯薇特並不想拋棄這樣的幸福。

「不過，我倒是很想看看黎明的天空，就算只有一次也好。」

天空的表情千變萬化，色調和模樣隨著濕度與溫度改變。耀眼的橙色爬上硬質的青色天空，渲染出一片柔和的色彩；又或是淡紫色的天空從地平線邊際逐漸變為淡紅色，形成寬廣的漸層。無論何者，拉斯薇特都喜歡，每天早晨在甲板上百看不膩。唯獨這個記憶至今依然鮮明如昔。

「黎明的天空真的很美。」

瓦娜貝爾突然說道。

抬頭仰望的側臉和聲音一樣淡然，看不出情感的起伏。

拉斯薇特點頭稱是，接著又是一陣沉默，但是呼吸似乎變得輕鬆一點。

此時，一陣異臭撲鼻而來。瓦娜貝爾連連眨眼，眼眶開始濕潤。她立刻抓住拉斯薇特的手臂，停下腳步一看，原來是腳跟踩到椪果。

「啊，糟糕。」

約和小指甲一樣大的果實被踩個稀巴爛。這種味道很難洗掉。拉斯薇特只敢用嘴巴呼吸。

「附近有個飲水場，去那裡沖一沖吧。回到窯場以後，再用剩下的薄荷水中和味道。」

「蕾吉娜說得沒錯，味道確實很強烈。」

瓦娜貝爾捏住鼻尖。向來不顯露感情的她皺起眉頭的模樣看起來很新鮮，拉斯薇特忍不住笑了。

「對你們來說是致命傷。聽說龍討厭桉果的氣味，要是被龍避開，就沒生意可做了，所以給捕龍人吃的料理我都盡量不加桉果。」

「這種味道的東西要怎麼入菜？」

看著瓦娜貝爾踮著腳走向飲水場的模樣，拉斯薇特萌生一股像是心痛又像是揪心的不可思議感覺。現在她深深以只因為對方是捕龍人就無禮對待的自己為恥。

「味道強烈的只有生的果實，加入乾燥過後的葉子燉肉，就能去除臭味。葉片先用鹽水燙一下，炒過以後熬煮，那樣也很好吃。其實還是乾燥以後當成香料使用比較多，雖然有點麻辣，可是很下酒。」

說著，拉斯薇特才想起來。

「我有用果實、葉子和油醃製的乳酪，妳要吃吃看嗎？」

「……不會臭嗎？」

「臭的反而是塗在乳酪上的大蒜。撒上辣粉，和洋蔥薄片一起醃個兩、三天，就會變成很棒的下酒菜。這是常客才知道的隱藏菜單。」
「光聽就讓人想喝酒了。」
「那我叫錫安連同晚餐一起送過去。」
「既然這樣，晚一點也行，可不可以由妳親自送過來？」
「可以是可以……」
瓦娜貝爾一面打開飲水場的水龍頭沖洗脫下的靴子鞋跟，一面微笑說道。
「我們的廚師很想認識妳，如果不會造成妳的困擾，我想替你們介紹一下。」
「困擾倒是不會……」
「那就麻煩妳了。其他康復的人一定也想跟妳道謝。」
沒什麼好道謝的——這句話並未成聲。不過，從前父親對自己說過的話在耳邊重新浮現。
——聽好了，拉斯，當妳可以坦然且謙虛地接受別人的道謝，就是妳成為行家的證明。
拉斯薇特告訴自己，眼皮底下發熱是棪果造成的。
為什麼？瓦娜貝爾的話語總會喚醒關於父親的回憶。不是垂頭喪氣、抑鬱而終的背影，而是沉睡在記憶深處那張充滿廚師榮耀的笑臉。

◆

「有酒耶！」

頭一個出聲的是巴柯。

梅茵連忙制止：「你還沒痊癒，最好先別喝酒……」然而巴柯強詞奪理地說：「就缺這一味！就是因為沒喝酒才沒痊癒！」在他這隻昆．薩札號的老鳥登高一呼之下，繼吉布斯之後病倒的菲和索拉亞也強勢附和，就連代理船長克洛柯都在無奈地嘆一口氣之後露出笑容。說歸說，總不能因此放縱他們，因此女人們在協議過後，決定讓胃已經不痛的人喝一杯解饞。

「有這麼想喝嗎？」

梅茵啼笑皆非，而瓦娜貝爾自知若是易地而處，自己大概也會做同樣的事，因此無話可說。再說，被禁止下船的他們不只嘴饞，更是閒得發慌。雖然知道病快好的時候最忌大意，可是明明能動卻什麼事都不能做，實在教人難受。

瓦娜貝爾突然想起小時候因為感冒而臥病在床的那種寂寞感。當時她玩耍不慎掉進河裡，原本該立刻擦乾身體，卻因為忙著追狗而忘記。等到回家以後，她鼻涕直流，咽喉抽痛又發燙，想生氣卻無法生氣的母親一臉為難地俯視著她。後來母親罰她暫時不准出去玩，不管她怎麼強調自己已經沒事了，母親依然不同意，害她無聊了好一陣子。

之所以想起這樣的情景，可是因為聽了拉斯薇特的故事？深受周遭人疼愛的拉斯薇特一直無法卸下心防，想必是因為對父親的悔恨至今仍侵蝕著她吧。正因為被愛，所以更加心酸。自己的存在竟然奪走了周遭人的自由。

從前我也有過這種感覺——瓦娜貝爾回顧過去，倒了第二杯紅酒，周圍立刻噓聲大作。

「我們只能喝一杯解饞耶！妳這樣太狠了吧？瓦妮！」

但瓦娜貝爾泰然自若地朝著桌上的下酒菜伸出手。

「沒辦法，拉斯帶來的這個太好吃了。」

聞言，被剛相識的男人們環繞而手足無措的拉斯薇特，稍微放鬆了僵硬的表情。

「這在船上也可以做，很簡單的。」

拉斯薇特按照約定，在晚上六點過後帶著晚餐與油漬乳酪到來。女人們的歡呼聲和引薦阿義的喧鬧聲引來了無所事事的男人們。

「沒有棪樹的話，葉子可以用月桂、果實可以用胡椒代替，但味道會淡一點。」

「的確。和洋蔥一起醃，是為了殺菌？」

「這也是一個理由，主要是因為這樣比較好吃。我有時候也會把蘿蔔切成薄片加進去。」

「哦！阿義大哥，下次做做看嘛！出發前多採買一點乳酪。」

索拉亞興奮地說道。他早已把珍貴的第一杯酒喝光，現在是把乳酪塗在麵包上吃。

「宙個要偶粗都叟都沒物題。」

「真沒規矩。」

菲笑道，自己也是不停伸手拿乳酪。

「你們客氣一點，這可是貴重的禮物啊！」

尼柯告誡，但是大家都充耳不聞。瓦娜貝爾能夠理解他們的心情。棪果和辣椒吃起來又麻又辣，充分入味的大蒜也能促進食欲。

「你們這樣一口接一口，不管有再多乳酪也不夠吃。乳酪可不便宜，李又要傷腦筋了。」

阿義說道。

「他的胃痛一直好不了，搞不好不只是因為生病，而是平日累積的壓力造成的。」

吉布斯笑道。

「別人在睡覺，你們就趁機胡說八道。」

卡佩拉聳了聳肩。

這是昆・薩札號的日常光景。酒並不多，大家卻鬧哄哄的，或許是因為逐漸恢復常態的安心感所致。拉斯薇特是功臣之一，大家都盛情招待她。可是性格有別於塔姬妲，文靜的她是一臉困惑，不知如何應對，只能對一面抄寫要來的食譜一面興高采烈地談論調味料的阿義投以羨慕的視線。

啜飲少量紅酒的拉斯薇特雙頰泛紅，興味盎然地觀察廚房。瓦娜貝爾拿著酒杯走到她的身邊。

「懷念嗎？」

「啊，不……不是的。」

拉斯薇特咬著下唇，像是在搜索言詞。

「只是在想，這艘船確實稱不上不衛生。」

拉斯薇特垂下眼睛，彷彿在為自己先前的偏見賠罪。瓦娜貝爾聳了聳肩，表示沒關係。

「現在是用妳給的薄荷水打掃過後的樣子。我一直以為我們保持得很乾淨，原來還挺髒的。」

「對啊、對啊。如果下雨，就會有濕氣殘留。像之前不是被捲入暴風雨中嗎？就算發霉也不意外。」

梅茵回答。

吉布斯伸長了久未活動的手腳，仰望天空。

「原因到底是什麼？」

他用拉長的語調嘀咕，並沒有責備任何人的意思。

「就是說啊。」卡佩拉也盤起手臂說道：「現在蕾吉娜小姐他們正在調查吧？叫什麼來著，黏膜異常？」

卡佩拉轉過視線，拉斯薇特點了點頭。

「剛才錫安，呃，我哥跟我說，龍的黏液常用來製作藥品，如果龍生了病，感染症可能大範圍擴散，上頭的人也正為了這件事緊張。」

拉斯薇特一臉抱歉，抬起眼來看著大家。

「所以必須請大家繼續逗留一陣子。」

「真～～～的假的～～～」

叩！索拉亞用額頭撞桌子。明明責任並不在己，拉斯薇特還是一臉惶恐地道歉，見狀，克洛柯敲了索拉亞的後腦一下說：「這也是沒辦法的事。」只有吉布斯和阿義意有所指地對望一眼。

就在拉斯薇特好奇地窺探他們之時——

「你們在吃什麼好料的？」

脖子上圍著濕毛巾的米卡一臉倦怠地現身。

他的臉色雖然比平時蒼白，猶如要把桌上食物全舔過一遍的眼神卻充滿生氣，看樣子是沒問題了。瓦娜貝爾暗自鬆一口氣。沒剃的鬍子看起來很邋遢，不過也不只米卡一個人這樣，所以她就姑且不提了。只要塔姬妲和吉洛也好起來，就可以安心了。

原本以為他們年輕力壯，很快會康復，誰知燒一直不退，只好嚴令他們靜養。說歸說，現在他們已經脫離險境，食欲也逐漸恢復。蕾吉娜也說過，只要他們乖乖休息，應該就沒問題。

「你繼續躺著吧，燒不是還沒退嗎？」

吉布斯說道，但米卡充耳不聞，在空椅子坐下來，朝著烤肝丸伸出手。

「你的份已經吃完了吧？」

「躺那麼久，胃腸先好了，怎麼吃都吃不飽。」

「哎，這幾天米卡的食量確實算小的了。」

梅茵苦笑。

「這個人就是瓦娜貝爾小姐說的那個很貪吃的人嗎？」

拉斯薇特附耳問道，瓦娜貝爾歪起嘴唇，像是在說：「一看就知道了吧。」

「他和蕾吉娜小姐有點相像。」

拉斯薇特這麼說。她看人的眼光倒是挺精準的。

「拉斯薇特把剩下的也送來了。」

瓦娜貝爾說道，米卡停下了接連把食物送進口中的手，像松鼠一樣鼓著臉頰，抬起頭來。

「阿蘇雷特？」米卡邊吃邊問，索拉亞無視自己剛才的行徑，埋怨道：「髒死了！」

「這些全都是妳做的？」

「沒、沒錯……是我做的。啊，不對，我只是提供食譜，是城裡的大家一起合力製作的。」

「好厲害，每一道都超好吃。謝謝。」

「啊……」

拉斯薇特的嘴巴像魚一樣開開闔闔。一瞬間，她皺起臉來，像是快哭了。

「能幫上忙就好。」

接著，她又微微挺起胸膛，如此回答。

米卡彷彿職責已了，再次將視線移回盤子上，吃起拉斯薇特帶來的乳酪、蒸龍肉、蘋果沙拉等各種餐點。當他伸手要拿肉乾時，卡佩拉基於不好消化的理由拍掉他的手。明明還有雞肉或豬肉製成的料理，他的眼睛卻很利，盡挑龍肉料理吃。看見他這種氣勢，眾人都覺得擔心只是白費功夫，露出了死心之色。後來米卡突然停下來，

皺起眉頭表示胃好像有點痛時，大家都懶得說「早知如此，何必當初」了。

「啊，真好吃，好久沒吃得這麼飽。」

米卡摸著側腹，露出滿面笑容。

「好吃的肉我吃過不少，不過，每吃一口就有身體重生的感覺倒是第一次。妳真厲害。」

「我也是第一次看到吃相這麼豪邁的人。」

拉斯薇特嗤嗤笑道。

「哎，不知道龍什麼時候會來，得先把體力養好。」

米卡若無其事地回答。

一瞬間凍住的人不只有拉斯薇特一個。這句話是基於有備無患的捕龍人心理而說？還是——

「會來嗎？」

瓦娜貝爾代替不知如何反應的大家詢問。

「八成會。」米卡依然是一副理所當然的模樣。「有氣味，而且越來越濃了。」

「代表龍正在接近？」

「嗯。所以老實說，我希望能夠盡快出發。」

米卡表示等到龍來襲的時候就太遲了，最好在那之前起飛，先下手為強。

「怎麼可能？」

如此輕喃的只有拉斯薇特一人。

「真的有龍接近的話，引船人會發現。」

「龍是在雲層之間飛行的啊。」

「話是這麼說……」

氣味？這和拉斯薇特或蕾吉娜聞黏液氣味的意思可不一樣。人類怎麼可能聞得出龍的氣味？這麼想很正常，不過昆・薩札號的船員都知道，事關於龍，是不能把常識套用在米卡身上的。米卡就是有本事聞出味道。

「……逆鱗龍的傳說。」

梅茵喃喃說道。

「這座城市裡有這樣的傳說。牠是神的化身，只要人類作惡便會前來襲擊。蕾吉娜說過，就算沒有逆鱗龍，也有別的龍來襲，頻率大概是一年一次。」

「話是這麼說沒錯……可是，已經兩年沒發生這種事。」

「這不就代表隨時可能會來嗎？」

吉布斯沉下臉。

面對倏地緊張起來的眾人，半信半疑的拉斯薇特越發不安。克洛柯察覺到這一點，出聲說道：

「喂喂喂，只是可能會來吧？現在著急也沒用。米卡的意思也是先養好體力再說，對吧？」

「是啊。說到這個，阿義，白天說的那件事已經確認了嗎？只要知道病因是什麼，我們隨時可以出發吧？」

「白天說的那件事？」

瓦娜貝爾用視線詢問是怎麼回事，而阿義立刻露出心虛的表情，身體僵直，對吉布斯投以求助的視線。至於吉布斯，則是一反剛才的僵硬表情，面紅耳赤、扭扭捏捏，一副不自在的樣子。

「不，呃……錫安說會請醫生調查可能性……目前還沒有結果……」

「什麼？到底是怎麼回事？」

看見他們不清不楚的態度，卡佩拉懷疑他們做了什麼虧心事，眼鏡底下的雙眸炯炯生光。

「如果是生病的原因，我們也有權利知道。你們病倒的時候，可是我們守著這艘船的。」

「沒錯、沒錯！」

見梅茵助陣，吉布斯無言以對，瞪了米卡一眼，眼神彷彿在說：「你幹嘛在這時候提起這件事啊。」

到底是怎麼回事？瓦娜貝爾也窺探米卡，米卡一臉不耐煩地說道：

「就是有個部位只有我們有吃啦！龍的。」

「咦！」

包含拉斯薇特在內的女人們不約而同地叫道，男人們也同時「啊！」了一聲。

「什麼意思？你們偷偷吃了什麼東西嗎？」

「你為什麼不早說！」

「沒辦法啊，我剛剛才發現。」

面對梅茵和卡佩拉的攻勢，米卡皺起眉頭抱怨：「為什麼只責備我一個人？」然而，沒有人打圓場。大家都和剛才的阿義與吉布斯一樣，臉頰泛紅、扭扭捏捏。

——怎麼搞的？

饒是瓦娜貝爾也是一頭霧水，與拉斯薇特對望了一眼。

「其實也沒什麼好生氣的，就是菲……」

「慢、慢著，米卡！」

「咦？是菲先起頭的沒錯啊。」

「話是這麼說啦！」

「到底是怎麼一回事！」

「不好了！」

和卡佩拉的叫聲重疊的，並不是昆．薩札號船員的聲音。眾人詫異地抬起頭來，面面相覷，同時，一個臉色發青的男人衝進來。

那人穿著和錫安一樣的制服，但不是錫安，而是稍微年長一些的男人。只見他一面抖著肩膀喘氣，一面環顧目瞪口呆的眾人，調整急促的呼吸。

「對不起，擅自闖進來。呃，可是，出事了！」

男人用顫抖的手抓著長褲的大腿部分。不知是不是疲勞之故，他的雙眼滿布血絲，帶著泫然欲泣的表情，發出近乎哀號的聲音。

「龍出現了！就在天上！」

咚！咚！

那是宣告晚上九點到來的鐘聲。

第六章

那種感覺活像是用粗布摩擦心臟內側，讓人渾身起雞皮疙瘩，背上一陣惡寒。當拉斯薇特回過神來時，她已經比米卡或任何人都更快衝上甲板。比平時潮濕的暖風拂過臉頰。抬頭仰望，天空被厚厚的雲層覆蓋，不見星星的蹤影；早已看膩的黑暗中，並沒有龍的身影——

不，她倒抽一口氣。

天空是扭曲的，宛若透過劣質玻璃看到的景色。

——怎麼回事？

腦海裡浮現的是嵌在牆上的小窗框。兩年前，龍最後一次來襲時，拉斯薇特的家——兩層樓住宅因為捕龍人的華麗活躍而崩塌。捕龍人不經思考的追擊刺激了龍，長長的尾巴掃遍城內各處。雖然市政府提供了些許補助，但大半還是得由居民自行負擔。然而，若是因此節省修繕費用，導致牆壁變得脆弱，下次發生同樣的事時，或許會性命不保。後來她能省則省，選了廉價的粗劣玻璃窗。這座城市的住宅裝的幾乎都是看不見屋內的窗戶，就是因為這個緣故。瓦娜貝爾以為是為了用反射的光線驅趕龍，其實那只是無心插柳柳成蔭，真正的理由是沒錢。最好的證據是「龍之牙」等較為富裕的住家窗戶，全都像清澈的湖水般清晰透明。

從拉斯薇特家的窗戶望出去，山與人都是扭曲的。

現在頭頂上呈現的正是同樣的光景。天空和拉斯薇特之間，有某種物體取代了玻璃窗。

「……糟了，牠很亢奮。」

不知幾時間來到身邊的米卡喃喃說道，拉斯薇特回過神來。

「你看得見？」

詢問的聲音嘶啞。

拉斯薇特確定有東西存在，但任憑她如何定睛凝視，依舊看不清楚。些微的扭曲搖曳不定，引得拉斯薇特越發不安。

米卡依然望著天空，瞇起眼睛。

「那邊有個很像紅色繩子的東西在飄動，妳看得見嗎？」

循著米卡指示的方向望去，還是只有被厚厚雲層遮住的夜空。拉斯薇特揉了揉眼睛，眨了好幾次眼，皺起眉頭。經他這麼一說，雲端確實有個像是細長布條——像是一面破旗的東西在搖動著。但這充其量只是經他一說才看出個形狀，她根本分辨不出是什麼顏色。

「那八成是刺進背部的鑽叉上綁的東西。」

說著，米卡咬了口手上的龍肉乾。拉斯薇特目不轉睛地凝視著他。

「……背上？那裡有龍？」

米卡一面用臼齒咀嚼肉乾，一面點頭。

「牠的擬態很巧妙，可是藏不住牠的氣味。」

「氣味？」

「嗯……我一直聞到一股很好吃的味道。」

米卡吞下肉乾，咽喉咕嚕作響。

「鐵定是牠準沒錯。」

他的眼眸炯炯生光，彷彿從前在飛行船上看過，如今卻不得見的星星。

——這個人是怎麼搞的？

拉斯薇特不覺得米卡和她一樣是人類。他的視力究竟有多好？再說，倘若真有一條具備擬態能力的龍，事情可就嚴重了，他居然還笑得這麼開心？

「你想抓牠？」

背後傳來瓦娜貝爾平靜的聲音。

拉斯薇特用視線詢問她是否看得見，見她搖了搖頭，拉斯薇特鬆一口氣。

——果然是這個人與眾不同。

心慌意亂的感覺消失，敬畏與好奇交雜的感情湧上拉斯薇特的胸口。米卡伸展著阿基里斯腱，面露賊笑。

「我已經睡飽了。再說……」

「也想吃新鮮的肉？」

瓦娜貝爾感到傻眼，嘴邊浮現微微的苦笑。

太逞強了，他的病才剛好耶——拉斯薇特不可置信地交互打量兩人，不過，從他們的表情，可說是一目了然。米卡無意讓步，瓦娜貝爾也無意阻止。瓦娜貝爾的臉上也浮現與米卡相似的好戰神色，這讓拉斯薇特吃了一驚。

「……不行，不能這麼做。」

拉斯薇特忍不住脫口說道。

「抓牠，就是攻擊牠的意思吧？龍被逼急了就會反擊，而龍根本分不出人類的差異，到時候受害的不是你們，而是手無寸鐵的市民。」

過去襲擊內貝爾市的龍，大小形狀不盡相同，但是從來沒有一條龍具備擬態成天空隱身的本領。就算不會擬態，龍如此巨大，又擁有壓倒性的力量，是不會束手待斃的。

拉斯薇特知道瓦娜貝爾他們是好人，但他們畢竟是過客，拉斯薇特等市民的生活只是他人的瓦上霜。即使辛苦栽種的桲樹倒塌，即使某人的房子因此崩塌，使得被壓在底下的阿爾瑪身負永久性的腳傷，對他們來說都是不痛不癢——這樣的想法始終無法消失。因為捕龍人只知道捕龍。

拉斯薇特把嘴唇抿成一直線，克制著幾欲奪眶而出的淚水瞪著兩人。

「我不是為了讓你們做這種事而救你們的。要抓去其他地方抓，別刺激龍。」

「可是牠會來襲耶。」

「你又知道了！」

「嗯，我知道。剛才我不也說過？牠很亢奮。」

米卡斷言，瓦娜貝爾也點頭贊同。

「是啊，空氣很緊繃。」

不知幾時間，昆．薩札號的船員幾乎全都集合到甲板上。大概是聽說發生了緊急狀況而起床待命，其中有許多在廚房裡沒看過的面孔。一名與拉斯薇特年齡相仿的少女，不知是因為燒還沒退或是龍的緣故，臉色蒼白地觀望著。

大家都一臉困惑。

同時也做好了心理準備。

「傷腦筋，居然挑這種時候。」克洛柯搔了搔臉頰。

「我現在還有點懶洋洋的耶。」菲嘆道。

「即使知道牠在那裡，可是要怎麼抓啊？」歐肯盤起手臂。

從眼神和表情一看便知，剛才還在把酒言歡的這群人，全都在一瞬間進入備戰狀態。

拉低帽簷的梅茵、達古老爹以及一名叫做希羅的青年回到船內。梅茵是技師，大概是去確認機艙吧。他們打算用這艘船載著並非萬全狀態的夥伴們升空。

「可是……可是根本看不見牠在哪裡啊！」

拉斯薇特用力握住拳頭。聲音帶著淚意，讓她懊惱不已。

「不只這座城市，或許連你們也無法全身而退！」

「……看得見。只要打光照射牠，牠就會產生反應，發出黃色的光芒。」

插嘴的是前來報訊的傳令員。他的語氣比剛才冷靜許多，但嘴唇仍在微微顫抖。

即使如此，他似乎想起自己的職責，毅然挺直腰桿，環顧眾人。

「之所以前來報訊，就是因為實際上看到了龍。管制塔釋放的監視光線偶然間捕捉到牠的行蹤。」

「當時牠發出了黃色光芒？」

卡佩拉詢問，男人點頭。

「如同剛才這位先生所說，牠似乎會融入周圍的顏色中進行擬態。被光線照射之後，牠產生了混亂，試圖讓體色配合光線，所以才散發出黃色光芒，不過馬上又變回天空的顏色。」

男人一面報告，一面用右手摀著左肩。是在壓抑恐懼嗎？拉斯薇特窺探他的樣子，這才發現自己對他有印象。兩年前，阿爾瑪在醫院包紮傷口的時候，躺在隔壁病床上的就是這個男人。

當時不知是因為性情急躁的捕龍人特別多，還是因為數艘船合力捕龍，有人急著立功，眾捕龍人實在稱不上合作無間，只是胡亂攻擊而已。怒火中燒的龍連同咆哮吐出的胃液既不能防也不能躲，當時身為錫安同事且負責看守管制塔的男人閃避不及，肩膀被龍的胃液掃過，連肉都溶解了。

——管制塔。

拉斯薇特改變了視線的方向。

當時，龍盯上管制塔，是因為那裡也是攻擊點。引船人在緊急狀況下的職務，就是發砲威嚇，將龍趕走。

「錫安！」

拉斯薇特大叫。砰！爆炸聲也同時響徹夜空。

數發砲擊從管制塔飛向扭曲的天空，火花在黑暗的虛空中迸裂開來。在那一瞬間，在場眾人都目睹浮現的龍影。

「單鰭的……逆鰭龍。」

卡佩拉嘆道。

如果掉下來，大半城市都會被壓垮的巨龍。

牠的背上長了一片長長的豎鰭。與其說長，不如說是矗立比較貼切。如背鰭般生長的豎鰭，為了抑制空氣阻力，通常是呈現弦月形，但這條龍的豎鰭形狀卻是倒反的。

巨大的身軀彷彿反射了火藥的顏色，一瞬間散發出紅色與黃色光芒。接著，龍發出奇妙的咆哮聲：「叭吼吼吼吼吼吼吼吼！」大大地弓起身子。

「你們做了什麼！」

吉布斯犀利渾厚的聲音傳來，傳令員不禁縮起身子。

「啊……呃，只是發射裝了棪果的……龍討厭的氣味的芳香彈而已，並不會傷害到龍，目的是把牠嚇跑……」

此時，一道足以震動空氣的高音貫穿拉斯薇特等人的耳朵，蓋過男人結結巴巴的話語。這陣音波讓人幾乎站不住腳，拉斯薇特膝蓋落地，歐肯則是流出鼻血。見狀，克洛柯慌了手腳。

「這下子糟了！」

甲板倏地騷動起來，但拉斯薇特的視線始終離不開龍與管制塔。逆鰭龍的眼睛散發紅光，長尾分岔。而且尾巴前端又再次分岔，看來猶如尖銳繩槍的四條尾巴繪出一道大大的曲線，高高揚起。
「……錫安！」
拉斯薇特如此大叫的時候，被尾巴從四方攻擊的管制塔已經化為瓦礫飛散，連同周圍的牆壁一起崩塌。

◆

拉斯薇特雙腳一軟，跌坐下來，瓦娜貝爾用力拉住她的手臂。
「現在不是哭哭啼啼的時候。」
拉斯薇特回過頭來，眼睛瞪得老大，卻沒有映出任何事物。瓦娜貝爾蹲下來，雙手從兩側拍打她那張滿布雀斑的臉頰。
「振作點，蹲在這裡沒有任何幫助。」
拉斯薇特稍微恢復了生氣。瓦娜貝爾暗想，應該是因為她曾有反覆低喃這句話的經驗吧——再怎麼哭也沒有人會來幫忙，只能靠自己。流離失所的人都把這句話烙印在心底，努力站穩腳步。因為唯有這麼做，才能活下去。

拉斯薇特點了點頭，擦乾眼淚站起來，並不需要瓦娜貝爾拉她一把。

「我……我必須過去……錫安……」

「妳的心情我懂，不過隨便接近太危險了。」

「可是……」

「為什麼？」

傳令員茫然地喃喃說道。

「只要不發動攻擊，龍是不會反擊的。那種威嚇砲明明只有把龍趕跑的威力，並不會激怒龍啊……」

「那是一般情況。米卡也說了吧？那條龍很亢奮。」

吉布斯無奈地嘆一口氣。

「喂，卡佩拉。」

「去艦橋進行升空準備，對吧？剛才梅茵他們去機艙了，燃料應該沒有問題。」

「我的頭還在痛，改當助手，由妳主控。」

克洛柯板著臉說道，卡佩拉拍了拍胸膛，表示包在她身上，接著兩人便快步趕往艦橋。吉布斯環顧夥伴們的臉龐。

「還能動的人有多少？別逞強，不然會拖累大家。」

「我可以！」

「啊，我也已經……」

「你們不能去，留在地上。」

吉洛和塔姬姐搶先舉手，卻被吉布斯一口否決。吉洛碰了一鼻子灰，不悅地嘟起嘴巴。

「我已經休息夠了，沒事了。」

「對啊，燒已經退了，頭也不痛了，只是為了慎重起見才休息的……」

「明明面如土色，還在胡說什麼？這次不能光靠氣勢橫衝直撞，太危險。」

「可是！」

「別誤會，不是你們危險，是大夥會陷入危險。」

塔姬姐沉默下來，賈賈拍了拍她的肩膀。

「巴柯大哥也還沒恢復到最佳狀態，你們幾個就留下來支援吧。說不定需要從地上發動攻擊。」

「那可以把自轉旋翼機卸下來嗎？」

吉洛摩拳擦掌，如此問道。

他大概是想起從前在庫恩市也發生過類似的狀況吧。當時其他捕龍船捕獲的龍在解剖前醒來，因為中毒而失控暴動，眾人便同時從地上與天空發動攻擊。最後，成功屠龍的昆．薩札號收到的謝禮不是錢，而是自轉旋翼機——跟機車一樣可供兩人乘坐的小型航空器。

「你想做什麼？」

吉布斯挑起眉毛，吉洛聳了聳肩。

「不知道，我只是覺得既然要支援，或許會有需要代步工具的時候。搞不好會發生什麼危機，到時候就顧不得身體狀況如何了。」

「人小鬼大。」

索拉亞戳了他一下。

「我們才不會讓危機發生咧，沒有你出場的機會。」

「最好是這樣。」

「什麼！」

唉，都什麼時候了還這樣——瓦娜貝爾察覺自己的嘴角露出微微的笑意。緊張感似有若無的昆．薩札號夥伴們終於回來了，這才是常態。之所以能夠盡情享受地上才吃得到的美酒佳餚，就是因為知道那只是短暫的休憩而已。這才是瓦娜貝爾等人的日常生活。

被趕出陸地，只能上天空——這句話並不是謊言。不過，現在瓦娜貝爾只有在天上航行的時候才能找到歸屬感。

「……妳為什麼這麼開心？還有這個人也一樣。」

拉斯薇特皺起臉龐，一副無法理解的表情。

「屠龍有那麼開心嗎？搞不好會死耶！你們就這麼想要錢嗎？」

「啥……這是什麼話！」

吉洛臉色大變，阿義制止了他。

憤怒、悲傷與混亂，瓦娜貝爾凝視著各種感情交雜的拉斯薇特，想起自己從前也曾對米卡說過一樣的話。

——屠龍有那麼開心嗎？

瓦娜貝爾並不後悔成為捕龍人，但這不代表她對於一味追殺龍的生活毫不存疑。

對於那時候的瓦娜貝爾而言，捕龍只是種生存手段。

然而，現在與龍對峙的瞬間——打從明白要讓捕龍成為單純的殺戮與否，全都取決於自己以來——反而能夠帶給瓦娜貝爾活著的真實感。

「事到如今，只能這麼做。妳應該也明白吧？」

拉斯薇特內心對於捕龍人的那種錯綜複雜的憧憬與憤怒，是沒有人可以化解的。無論瓦娜貝爾回答開心與否，都沒有任何意義。

瓦娜貝爾無法用言語傳達什麼，只能做好該做的事。

「啊，找到了、找到了。瓦妮！」

一道與現場氣氛格格不入的聲音響起，蕾吉娜隨即現身於甲板上。見到她美豔的容貌，尼柯和索拉亞都吹了聲口哨。蕾吉娜察覺了，手扠著腰，露出優雅的微笑。見狀，男人們的表情都變得飄飄然。

不愧是蕾吉娜。瓦娜貝爾也微微一笑。

無論處於何種狀況，都能讓自己變成在場的中心人物，就連全身僵硬的拉斯薇特也稍微放鬆肩膀的力氣。蕾吉娜用鞋跟踩著輕快的節奏走向拉斯薇特，並把抱在腋下的筆記本遞給她。

「謝謝妳，很有幫助。」

「啊，不客氣……」

「唔？怎麼了？妳在哭啊？」

蕾吉娜用拇指輕輕擦拭拉斯薇特的眼尾。受到這股暖意影響，拉斯薇特的表情又扭曲起來。蕾吉娜以視線詢問，瓦娜貝爾同樣以視線示意管制塔的方向。蕾吉娜恍然大悟地點了點頭，用力抓住拉斯薇特的雙肩。

「放心吧，錫安沒事。」

「咦……」

「他負責照應我們這些醫療小組的人，不在管制塔。再說，管制塔的人雖然受了傷，但是都沒有生命危險，現在正在接受治療。」

拉斯薇特又撲簌簌地掉下眼淚。「哦，乖、乖！」蕾吉娜誇張地抱緊拉斯薇特，拉斯薇的肩膀開始抖動起來。瓦娜貝爾再次暗自讚嘆，自己絕無法像蕾吉娜這樣安慰別人。

瓦娜貝爾感覺到現場籠罩著一股異於平時的無聲一體感。捕龍並不是慈善事業，如果無利可圖，沒有人會以身犯險。不過，這次不能無視拉斯薇特的淚水。剛才聽了拉斯薇特的話語而臉色大變的吉洛雖然有些困惑，但也垂下吊起的眼尾。

蕾吉娜一面溫柔地撫摸拉斯薇特的背部，一面看著瓦娜貝爾。

「現在要怎麼辦？你們會主動出擊吧？」

「當然。」

「聽剛才的叫聲，應該不好對付。恕我直言，這艘船或許承受不了衝擊。我們在想，要不要把健康的人集中起來，搭乘我們的船……」

說著，蕾吉娜環顧昆．薩札號的眾人，似乎在找人。克洛柯察覺她是在找自己，舉起手來。

「我是代理船長克洛柯。呃，妳是？」

「幸運號的蕾吉娜。」

蕾吉娜輕輕放開拉斯薇特，轉向克洛柯。

「我們的船員還沒痊癒的很多，不過船的狀態良好，裝備也都是最新的。如果你們想用，儘管用沒關係。」

「多謝你們的好意……」

克洛柯抓了抓頭，環顧興趣缺缺的昆．薩札號船員。

「那艘又大又新的船就是你們的吧？動力不同，運作的方式就不一樣，我們現在實在沒有臨機應變的餘力。」

「用慣的裝備比較安心？」

「就是這麼回事，抱歉啦。」

「沒關係，我也猜到這艘船的人會這麼說。」

雖然被拒絕了，蕾吉娜卻顯得很開心。接著，她探出身子，彷彿接下來要說的才是正題。

「那反過來，讓我們船上健康的人坐你們的船，如何？比如我。」

「妳也是捕龍人？」

蕾吉娜面露賊笑。

「別看我這樣，我是個醫術高超的外科醫生。如果大家受了傷，我會幫忙治療，你們放心去戰鬥吧。」

「……這樣可就安心多了。」

有了瓦娜貝爾這句話，等於說定了。克洛柯興味盎然地摸摸下巴。

「瓦妮很信任妳嘛。」

「那當然。來到這座城市以後，我們每天晚上都膩在一起。」

「真好，結束以後，我們也想作陪。」
「好是好，但我可不便宜喔。」
是酒錢不便宜吧，瓦娜貝爾內心暗自苦笑。
見兩人握手為証，吉布斯叫了聲好，用力拍手提起幹勁。
「蕾吉娜小姐，把你們還能用的人帶來吧，我們會先做好升空準備。」
「了解，我會順便帶些派得上用場的彈藥過來。呃，那邊的兩個男生，可不可以幫幫我？」
突然被點名的菲和索拉亞愣在原地，把話說完便瀟灑下船的蕾吉娜又喝道：
「快！」他們才慌慌張張地追上去。
瓦娜貝爾重新轉向茫然呆立的拉斯薇特。
「接下來會很忙，妳先回家吧。妳應該也很擔心妳姑姑。」
「啊……對……呃，我……」
拉斯薇特揀選著言詞。瓦娜貝爾模仿蕾吉娜，將右手輕輕放到她的肩膀上。
「我們一定會殺掉那條龍，也會盡力減少這座城市受到的損害……雖然這部分不能保證一定做得到，很抱歉。」

捕龍是搏命，不知道會發生什麼事。

不過，瓦娜貝爾並不認為只要能把龍殺掉，城市變得如何都無所謂。這句話不用說出口，拉斯薇特應該也明白。拉斯薇特凝視著瓦娜貝爾的雙眼，不久，她點了點頭。

「……千萬別死。」

拉斯薇特有些遲疑地說道。瓦娜貝爾這才想起來，拉斯薇特的母親就是因為捕龍時負傷而過世。她那難以自制的憤怒與害怕，有一部分也是出於擔心瓦娜貝爾和大夥。察覺這一點之後，瓦娜貝爾的心頭變得暖洋洋。

當然——就在瓦娜貝爾正要如此回答的時候……

「那當然。」

米卡說道。

「把龍抓住，肢解吃掉。在那之前絕不能死，這就是捕龍人。不知道牠吃起來是什麼味道？」

米卡望著天空，眼神宛若盯上獵物的野獸。見狀，拉斯薇特眨了眨眼，突然露出笑容。

「拜託你們。」

拉斯薇特深深地低下頭。

她的臉上已經沒有剛相識時那種對於捕龍人的不信任之色。

◆

內貝爾市上空出現龍並不是什麼稀奇的事，不過大多時候，都是用威嚇砲就能擊退，再不然就是被滯留的捕龍人在遠離城市的上空殺掉，並不會對拉斯薇特的生活造成威脅。

就拉斯薇特的記憶範圍所及，因為龍而造成重大損傷的情況只有兩次，不過這兩次已經足以讓拉斯薇特憎恨龍及捕龍人。

小時候，她是那麼期待龍破雲而出，可是龍始終沒有現身，反而挑在不該來的時候來襲。七年前也是這樣。那時候，父親感到腸胃不適，下了船以後，食欲更加減退，拉斯薇特只能眼睜睜看著他那圓滾滾的肚子一天天地消瘦下去。不巧的是，龍就是在醫生剛宣告她父親頂多只能再活三個月之後來襲的。

通知龍到來的警報聲響徹城裡，父親一聽見便跳下床，從窗戶探出身子。「在哪裡？龍在哪裡？」他像是夢囈般喃喃說道，雙眼閃閃發亮，拔腿衝出房間，動作矯捷得讓人驚訝他竟然還留有這等腳力。拉斯薇特從背後抱住父親，拚命阻止嚷著要殺了那條龍做成料理的他。「拜託你，別亂跑，待在家裡，外頭很危險。」然而，父親用盡渾身之力甩開如此懇求的拉斯薇特。

操之過急的父親腳步不穩，踩空了樓梯，一屁股滑到樓下，撞到牆壁。這陣衝擊讓他回過神來，對著在二樓愣愣地俯視他的拉斯薇特露出難為情的笑容。

——爸爸這樣不行啊。

他的笑容讓人好心酸。

當時腳還沒瘸的阿爾瑪聽到聲音，驚訝地前來探視，拉斯薇特便和她合力將父親扶回床上躺下。「順利抓到龍以後，就會有新鮮的龍肉上市，到時候我們再一起下廚吧。」拉斯薇特對早在臥病之前便許久未進廚房的父親如此說道。

當時龍損壞的是富裕市民的居住區，對城市的影響不大。德克老家的屋頂似乎也崩塌了，但是並未聽聞他的求學之路因此受阻。結束工作以後的捕龍人確實十分傲慢，還會借酒裝瘋，不過受到損傷的只有建築物，相較於龍的大小，損害可說是相當輕微，市民甚至還感到很開心。

所以，至少在七年前，拉斯薇特是沒有理由憎恨捕龍人的。

可是……

——欸，拉斯，那是條怎麼樣的龍？很大嗎？會發光嗎？上頭應該插了一把長叉吧？

捕獲龍以後，父親像個吵著爸媽說床前故事的小孩，不斷詢問拉斯薇特。當時他的表情深深烙印在腦海中，揮之不去。龍的到來總是會喚起父親懷念的回憶，將他帶回最幸福的時期；讓他忘記曾引發食物中毒的事，走進廚房，給予他活下去的希望。

——我想讓蕾拉吃那條龍。

——妳媽最愛吃龍肉了。

每次聽到父親說這些話，拉斯薇特便感到傷心。

因為這讓拉斯薇特認清她的現實和父親的夢想有多麼大的差距。

往來於母親在世時與現在之間，父親問的永遠是關於龍的事。鰭長什麼模樣？尾巴有幾條？全身是不是被鱗片覆蓋？拉斯薇特一進房間，父親便不斷追問，直教人驚訝他對於龍居然如此感興趣。

過了三個禮拜以後，父親便長眠於九泉之下。

父親死得很安詳。所以這種感情——拉斯薇特對於捕龍人的厭惡，只是遷怒而已。自己也是害得父親無法死在天上的原因之一，這件事讓她既慚愧又懊悔。

——我知道，我只是在鬧脾氣而已。

下了昆．薩札號，拉斯薇特仰望在甲板上忙著進行準備的瓦娜貝爾。拉斯薇特只能在地上守候，眼睜睜看著他們飛上天空。

她大大地吸一口氣，又吐出來。

拉斯薇特擔心阿爾瑪。阿爾瑪不良於行，遇上危險的時候無法自行逃走。瓦娜貝爾說得沒錯，現在不是沮喪的時候。她踩著石板路，趕往阿爾瑪等候的家。

拉斯薇特在鐘樓前遇見錫安。他也擔心阿爾瑪，正要回家。

「……幸好你平安無事。」

拉斯薇特不願在錫安面前掉淚，故意冷淡地說道，不過錫安似乎看穿她的心思，露出賊笑說：

「我不會拋下媽和妳死掉啦。」

「離開崗位沒關係嗎？」

「大家都知道媽的腳不好。記得修道院地下有防空洞吧？送媽和鄰居過去以後，我就會回去。」

老實說，拉斯薇特不希望他回去，但現在是緊急狀態，她不能說這種自私的話。她踩著近乎小跑步的步伐走到錫安身邊，問了另一個問題。

「威嚇砲沒有效？」

「嗯，反而造成反效果，牠變得更加狂暴。」

「過去的龍聞到棪果的氣味，都會暫時撤退吧？又沒有傷害到牠，為什麼會……」

「誰曉得？可能是鼻孔構造和其他龍不一樣，或是受到過度的驚嚇……總之，雖然持續打光可以防止牠擬態成天空隱身，但是效果畢竟有限。牠的學習能力很強，好像開始記住光線和天空的中間色調，不知不覺間便融入了空中。」

拉斯薇特想起修道院的彩繪玻璃。上頭的龍比較抽象，和空中的龍稱不上是一模一樣。不過，既然具備單片逆鰭的特徵，那應該就是傳說中的龍沒錯。

「那條龍是為了導正我們的行為才來襲的吧？」

牠是守護城市的太陽神化身，為了賦予人類試煉而來。

若是如此——

「……我們是為了什麼事而受到懲罰呢？」

「……不為什麼。」

錫安一反常態地啐道。

「世界不是繞著我們打轉。老是要在所有事情上找理由是妳的壞習慣，拉斯。」

他是在說父親的事嗎？拉斯薇特一瞬間如此懷疑，因為錫安總會不時找機會安慰拉斯薇特，告訴她「不是妳的錯」。不過，拉斯薇特隨即轉了念頭。這種想法才是自我中心過了頭。錫安原本就是這種性子，極度討厭基於個人狀況或情感而斷定理由。

「那條龍今天出現在這裡，有牠自己的理由。如果知道理由是什麼，或許就能擊退牠了。」

錫安皺起眉頭思索，加快腳步。拉斯薇特追得氣喘吁吁，錫安卻一副若無其事的模樣。從前他的體力明明比拉斯薇特還差，不知不覺間，竟然產生如此大的差距。

「你知道？」

「不知道，不過也只能揣測了。」

螺旋槳的聲音在頭頂上作響，兩人停下腳步。抬頭一看，昆・薩札號正朝著大小和自己差不多——搞不好還要大上一點的巨龍前進。

「啊……又消失了。」

如錫安所言，一眨眼，龍又隱身於黑暗之中。龍一隱身，管制塔一帶便立刻打光，重新捕捉牠的身影。不知道是不是載著投光器，昆・薩札號也打出青白色的光，大概是想透過照射不同顏色的光線來防止龍擬態。

顏色千變萬化的龍，看起來宛若架在空中的彩虹。雖然正值緊急關頭，一瞬間拉斯薇特還是不禁望而出神。就近觀看的瓦娜貝爾他們應該也一樣吧，所以才會那麼為龍著迷。就在這樣的念頭閃過腦海時，地上接連不斷地發射威嚇砲，龍再次發出怪異的叫聲，擺動身軀。

「是昆・薩札號指示大家繼續威嚇的，為了盡可能讓龍遠離城市。」

「……是嗎？」

「他們都是好人。」

「嗯。」

拉斯薇特坦率地點了點頭。

一想到他們信守約定，心頭就有股暖意。不過，拉斯薇特其實也明白，過度顧慮城市安全的戰法其實很危險。母親——雖然拉斯薇特連她的長相都沒有印象，但據說是個優秀擲叉手的她，就是因為一時間措手不及的攻擊而負傷身亡。

那條龍不好對付。吞下的口水咕嚕一聲滑落咽喉。

「……走吧，我們再怎麼看也無濟於事。」

錫安的這句話不像是對拉斯薇特所說，倒像是說給自己聽。他的聲音帶有責備自己的無力之色。

然而，不知何故，哥哥現在的側臉卻是拉斯薇特見過的之中最為可靠的。如果這麼說，或許他會害羞，又或許會認定拉斯薇特是在調侃他而發脾氣。無論是哪種反應都很麻煩，所以拉斯薇特絕不會說出口。

拉斯薇特一面祈禱昆・薩札號平安歸來，一面和哥哥一起趕往阿爾瑪身邊。

◆

「咕，顏色變來變去。」

在甲板前架起捕龍砲的吉布斯一臉不耐煩地喃喃說道。這條龍會隱身，必須用比以往更快的速度將繫上繩子的鑽叉射進巨大的身軀裡，以免牠逃離船邊。

「鱗片密密麻麻的。」

戴上防風眼鏡和安全帽的米卡，聲音毫無緊張感。不過，瓦娜貝爾知道在那雙睡意濃厚的眼眸背後，他正在忙不迭地計算如何解決敵人。

「要是鱗片太硬，鑽叉搞不好會被彈開。」

「嗯，幸好現在風不大……」

「啊，可是，牠剛才發出怪聲的時候，鱗片是不是豎起來了？」

尼柯插嘴說道。

「抓準那一瞬間，或許鑽叉比較容易射進去。」

「威嚇砲飛來的時候一決勝負，是吧？」

吉布斯瞇起眼睛，彷彿正在瞄準一般。

「但願牠別再發出那種刺耳的叫聲……就像那個小妞說的一樣，距離這麼近，船搞不好會壞掉。」

「要跳過去嗎？」

米卡若無其事地說道。

「先跳過去，就可以趁著牠的鱗片豎起來的瞬間攻擊要害。」

「白痴，你的病才剛好！怎麼可以幹這種比平時更亂來的事！」

米卡似乎沒把吉布斯的勸諫聽進去。

「油脂一定很豐富吧。」

米卡的眼裡只有龍，令瓦娜貝爾等人啼笑皆非地交換視線。

◆

餐勤長阿義與會計李，以及因為較為年長，恢復速度和年少的塔姬妲、吉洛一樣慢的巴柯與巴達金——塔姬妲和決定留在地上的他們一起來到崩塌的管制塔邊，協助砲台的準備工作。正因為恢復速度較慢，給大家添了麻煩，塔姬妲很想加入空中的捕龍行列。但是她雖然幾近康復，胃還是會隱隱作痛，這也是事實。

塔姬妲一面將威嚇砲安裝到砲台上一面悄悄嘆一口氣，而在身旁作業的吉洛也同時嘆了一聲。

「吉洛，你是打算一有機會就要坐上自轉旋翼機接近龍吧？」

「那是妳吧。妳打算這麼做，所以才懷疑我也會這麼做。」

他們都不是認真的。正因為明白這一點，兩人又再次異口同聲地嘆息。

先振作起來的是吉洛。

「哎，威嚇也是重要的任務。就像賈賈說的，不知道龍什麼時候會接近地上。」

因此，塔姬妲他們也換上和船上一樣的裝備——制服加皮手套，並戴上安全帽與防風眼鏡。捕龍槍和射矛槍也準備妥當，隨時可以拿出來使用。

「大船就是不一樣，電流槍和毒槍都是上等貨。」李看著從幸運號卸下來的武器，發出感嘆。「以我們的預算，鐵定買不起……」他摸著鬍鬚嘀咕。

「這些武器米卡都不愛用，買了也只是暴殄天物而已。」

吉洛一口否決，在場眾人也覺得有理，紛紛笑了。

「米卡大哥真的很厲害。說不定是吃了龍肉才生病的，他居然還想吃。」

塔姬妲說道，語氣中帶有的不是傻眼，而是羨慕。

將砲彈和裝藥擺在一起以便隨時使用的阿義一臉尷尬，視線飄移。

「原因真的是因為吃了那個嗎？」

「那個？」

沒有一起喝酒的塔姬妲、吉洛和李歪頭納悶。巴柯豪邁地笑道：

「如果真的是因為那個，就太窩囊啦。」

「那個到底是什麼？你們知道食物中毒的原因了嗎？」

塔姬妲探出身子。

「就是……啦！」

阿義自暴自棄地叫道，但是正好飛過頭頂的昆．薩札號引擎聲轟隆大作，蓋過他的聲音。

「咦～？什麼～？」

塔姬妲反問，但阿義閉上嘴巴，似乎很不想說。塔姬妲不記得自己吃過讓人如此難為情的東西，納悶不已。

巴達金抖動肩膀，格格笑了起來。

「還不確定，不過可能性很高。就是那個啊！你們瞞著瓦妮她們，吃得津津有味的東西。」

「……原來是那個啊。」

吉洛似乎比塔姬妲更快想起來，一反常態地羞紅了臉。

「的確，如果是因為那個，還真的不知道該怎麼跟瓦妮她們說。」

李也一樣，不知是不是為了掩飾羞赧之情，頻頻調整眼鏡的位置。

聽了他們的說法，塔姬妲總算想起來了。在大家接連病倒之前，男人們半夜在廚房裡聚餐。塔姬妲偶然看見，他們卻說「對妳來說還太早」，打算把她趕回去，但她無法克制好奇心，央求讓她加入。

「記得是菲先起頭的吧？說他聽過效果。」

巴達金說道，巴柯點了點頭。

「對，然後試吃以後什麼影響也沒有，所以大家都忘了。」

「好，如果別人問起，就把錯全推給菲吧。」

「不，還沒確定啦。」

阿義連忙制止達成無良結論的兩人。然而，就連李也落井下石地說：「這是個好辦法。」只有吉洛癟起嘴巴說：「大家真夠蠢的。」但是他也沒有積極反對。

塔姬妲面露苦笑。就算知道了，瓦娜貝爾她們也不會在意的。她和吉洛一樣，笑著說大家蠢。

「好，時候差不多了，再威嚇幾發吧。」

檢查完火藥以後，巴柯替砲台點上火。高速射出的威嚇砲在龍的鼻尖爆裂，巴柯立刻又射了一發，再加一發。龍發出奇妙的叫聲，在空中翻騰，而昆．薩札號朝著牠發射鑽叉。

「呿，沒打中。」

鑽叉被堅硬的鱗片彈開，吉洛咂一下舌頭。受到攻擊的龍似乎很憤怒，尾巴高高舉起，朝著船甩去。見狀，大家的表情都倏地僵硬起來。

「……沒問題的，沒打偏。發射鑽叉是吉布斯大哥的工作吧？下次一定會射中。」

塔姬妲瞪著龍說道，吉洛也點頭稱是。無論風勢再怎麼強烈、船身再怎麼傾斜，架起捕龍砲的吉布斯都不會失手。

不知是不是已經適應威嚇砲的衝擊，龍不再發出那種撕裂空氣般的聲音。然而，若是砲火過於密集，不曉得會有什麼後果。吉布斯的指示是觀察情況，適度發砲，而何謂適度？別說市民不懂，就連塔姬妲也還不太明白，只能依靠巴柯和巴達金的直覺，從龍的狀態以及與船之間的距離判斷。

「準備下一波攻擊。吉洛，砲彈拿過來。」

「好！」

「在這裡。」

剛才的傳令員和他的同伴合力將裝滿砲彈的木箱搬過來。他們換上了與塔姬妲等人相似的裝備，腰間佩槍，表情十分憔悴。

「謝謝各位的幫助。雖然沒有生命危險，可是擔任砲手的人幾乎都受傷了。」

他似乎相當懊惱自己當時不在現場，用拳頭捶著自己的大腿，另一個男人則是把手放在他的肩膀上安慰他。自稱德克的男人好像是市內的醫師，身材修長、文質彬彬的他並不適合穿防護衣，但是他的眼眸中帶有不能逃離現場的責任感。德克指著放在地上的木箱說：

「這種大砲爆炸後散發的味道比之前的更加強烈，大概能讓人類的鼻子失靈好幾個小時。聽說龍的鼻子比人類更靈光，但願牠這次會撤退。」

「龍聞到桜果的味道就會逃走，是真的嗎？」

的確，就算在地上，也聞得到從天而降的強烈氣味。龍雖然攻擊管制塔，卻怎麼也不肯接近，或許是牠討厭這種味道的證據。不過，目前牠雖然因為砲擊而亢奮，卻沒有遠去的跡象，現在也瞄準了昆．薩札號，打算從四面八方甩動尾巴砸毀船身。塔姬妲心驚膽跳地仰望著這一幕。

傳令員點了點頭。

「應該沒錯，至少過去出現的龍都是這樣。為什麼只有牠沒撤退，實在很不可思議……哈啾！」

說著，男人彎下腰來，打了個毫無緊張感的大噴嚏。之後他又接連打了好幾個噴嚏，一臉痛苦地扭動身子。

「啊，呃……你沒事吧？」

「……抱歉，花粉症很嚴重……」

男人一臉尷尬地拿出手帕擤了擤鼻涕直流的鼻子。仔細一看，鼻子底下因為反覆摩擦而變得紅冬冬的。

「今年花粉特別多，威嚇砲裡說不定也參雜了不少。」

德克說道。他看起來並沒有受到影響，或許是因為在這座城市裡生活的時間還不長。

「哦，原來如此……」阿義抽了抽鼻子。頭一次看到棪樹的塔姬妲等人除了聞到強烈的氣味以外，當然沒有任何感覺。

「內貝爾周遭的山地裡也長了許多棪樹……雖然是抵禦龍不可或缺的存在，對於我們而言卻是難纏的敵人。老實說，我巴不得把這些樹燒個精光。」

說著，傳令員又彎下身子連打噴嚏，痛苦地呻吟。他的模樣讓人聯想到剛才發出怪聲的龍，塔姬妲忍不住笑了。

「這麼一提，那條龍也像是在打噴嚏。」

德克訝異地皺起眉頭。塔姬妲驚覺自己說了蠢話，連忙補充說明：

「啊，那條龍不是發出奇怪的叫聲嗎？叭吼吼吼吼吼。我只是覺得，那不像在叫，反而比較像是在打噴嚏。」

「妳總是會想到這些有的沒的。」

巴柯啼笑皆非。塔姬妲急了，連珠砲似地說道：

「對不起，現在不是開玩笑的時候。我只是突然想到而已……啊，對了，差不多可以開砲了吧？把這種強力砲彈射出去，分散龍的注意力，米卡大哥他們應該會比較好辦事……」

此時，塔姬妲的雙肩突然被用力抓住，當她察覺時，德克的臉龐已經近在眼前。

距離近得直可觸碰他那高挺的鼻子，塔姬妲不禁倒抽一口氣。

「呃、呃……怎麼……」

「妳剛才說什麼？」

「咦？我、我說可以開砲了……」

「前面那一句！」

亢奮的德克，鼻息吹到塔姬妲的鼻頭上。他的力道強勁，就算塔姬妲想逃也逃不掉。

「呃、呃……像是在打噴嚏？」

塔姬妲結結巴巴地回答，而德克依然沒有放開她。她回過頭來向其他人求助，只見吉洛等人也是一臉困惑。然而，德克絲毫不以為意，劇烈搖晃塔姬妲的肩膀。

「就是這個……就是這個！妳太厲害了！」

「不，呃，我只是……」

「用威嚇砲驅趕龍，現在立刻動手！」

「呃，可是我們從剛才就一直在……」

「不是！要更有目的性！」

這回換成口水飛來，塔姬姐連忙閉上眼睛，但德克並未停止。

「北方山上的棪樹特別多，把牠趕到那裡去。船上的人一定也會察覺到這一點。改變砲擊的方向，傳達我們的意圖！」

塔姬姐一頭霧水。

不過，德克的話語之中帶有十足的把握，讓人不得不遵從。

◆

錫安不容分說地背起強調可以自己走的阿爾瑪，登上通往赫倫修道院的山，附近的鄰居也都跟隨著他。拉斯薇特背不動人，便牽著住在對面的老婆婆的手，替她清除腳邊的障礙物。

「你太誇張了，錫安。平常我還不是靠著這雙腿在走動？你居然丟下工作，專程跑來……」

「不行啦，媽爬不上這座山吧？」

「沒問題的，距離又不遠。」

「……妳嘴上這麼說，但兩年前腳還健康的時候，還不是來不及逃走？妳本來就慢吞吞的，有點自知之明吧。」

「你這孩子真的很惹人厭耶！」

「喂，別亂動，會掉下去啦！」

「……錫安真是個善良的孩子。」

和拉斯薇特牽著手的老婆婆瞇起眼來，微微一笑。

「兩個都一樣貧嘴。」

刀子口，豆腐心——拉斯薇特補上這一句以後，又想到自己也一樣，不禁面露苦笑。

即使聽見遠處傳來的砲擊與引擎聲，眾人依然能夠不慌不亂地走夜路避難，或許得歸功於錫安和阿爾瑪這番沒有緊急感的鬥嘴。道路因為夜露而濕滑，若是走得太急，便有滑落的危險。拉斯薇特等人小心翼翼、一步一步地爬上山。

「喂！這邊！」

一接近修道院，便看見園丁舉著蠟燭向他們揮手。

「抱歉，我本來也想去幫忙的。」

拉斯薇特搖了搖頭。園丁已經不年輕，又有膝蓋疼痛的老毛病，在這種時候，單純出於善意的行動反而可能招致悲劇。

相對地，他似乎替大家把防空洞整理好了。拉斯薇特等人在他的帶領下前往禮拜堂，防空洞的入口就藏在院長朵瑞絲佇立的禮拜台之下，可說是距離神的庇佑最近的地方。

阿爾瑪堅持要殿後，錫安雖然露出苦瓜臉，但他深知母親一說出口就會堅持到底，只好和園丁一起協助眾人到地底下避難。阿爾瑪似乎很關心砲聲隆隆的外頭，不安地仰望著彩繪玻璃。

「那就是傳說中的龍嗎？」

「是嗎？和那幅畫上的完全不一樣。」

彩繪玻璃上畫的是如太陽一般燦然生光的龍，與窗外那條幾乎快消失在雲層裡的龍完全不同。

「如果那條龍背對著太陽，或許也會像這樣閃閃發光。」

「……哦，對喔，牠會融入背景色之中。」

若是如此，從前的人誤以為牠是太陽神，倒也情有可原。閃耀著同樣光芒的龍，看起來大概就像是太陽吧。

阿爾瑪對著彩繪玻璃交握雙手，垂下頭來，宛若在祈禱。

「哥哥說的是真的。我當時一點也不相信，總是一笑置之，對他真是過意不去。」

「……爸爸？」

拉斯薇特從未聽過父親提起傳說。

阿爾瑪靜靜地長嘆一聲。

「他頭一次帶妳來的時候，說過他一直在追尋一條龍。據說據點就在這附近，有很多人看過牠，搞不好就是傳說中的那條龍。」

「……追尋？」

「這麼一提，他也說過那可能是逆鰭龍。我時常嘮叨他，要他別成天講童話故事，多花點時間陪妳……他啊，說想搭乘在附近航行的船，可是哪有那麼剛好的工作？再說，妳總是被他擱下，一副很寂寞的樣子。」

拉斯薇特不敢置信地聆聽阿爾瑪的獨白——父親在追尋某條龍？在找能夠幫他達成目的的船？

「來內貝爾市……不是因為姑姑住在這裡嗎？」

「只是湊巧而已。他還笑著說，幸好我住在這裡。他從以前就很現實，雖然很疼我，卻完全不顧我的挽留，跑去天上旅行。」

——欸，拉斯，那條龍很大嗎？會發光嗎？

父親臨死前的聲音重新浮現。

原來那些問題並不只是出於好奇。父親的腦海裡始終只有某條龍的身影？

——背上是不是插著長叉？有沒有布？橘色的布。

——那邊有個很像紅色繩子的東西在飄動，妳看得見嗎？

父親的聲音和米卡的聲音重疊了。

綁在長叉上的布條。

隨風翻飛，看起來像是紅色的細長布條。

——不會吧？

「拉斯薇特，幸好妳平安無事。」

拉斯薇特感受著血液的脈動，努力保持冷靜，回應呼喚自己的人。

「……院長。」

即使在這種時候，朵瑞絲的表情依然安詳，彷彿只有她的時光停止了一般。自從腳受傷以後便不再前來禮拜堂的阿爾瑪見到睽違已久的院長，不禁惶恐起來。

「哎呀，朵瑞絲院長，這次給您添麻煩了。」

「哪兒的話？禮拜堂本來就是為了人們而開的。來，妳們也快進防空洞吧。」

在她優雅的邀請下，阿爾瑪一反剛才的堅持，一口就答應。從防空洞裡爬上來的錫安見狀鬆了口氣，牽著母親的手往回走。然而，拉斯薇特卻留在原地，動彈不得。

「怎麼了？」

朵瑞絲並未催促，而是像那天早上一樣，溫柔地望著拉斯薇特。拉斯薇特緊緊地抓住裙襬。

「我……不去不行。」

她只說得出這句話。

「院長，我不能丟下那些人不管。」

「那些人？」

「捕龍人。他們正在為了我們而戰。」

如果拉斯薇特的猜想是正確的。

那麼她就不能放任他們戰鬥，自己卻躲起來。

朵瑞絲頭一次露出為難之色，皺起眉頭。

「每個人都有自己的分內工作，都有必須完成的使命。」

朵瑞絲像是在勸解她似的，一字一句說道。

「妳的工作是下廚，不是戰鬥。妳現在躲起來是最好的做法，等他們回來以後，再替他們煮些營養的伙食就行了。」

「……不是的。」

拉斯薇特搖了搖頭。

這是她頭一次反抗朵瑞絲。

「我確實是廚師……不過，是藥膳廚師，可以用藥草和植物替大家療傷。」

朵瑞絲默默聆聽，表情依然嚴厲。

「一定有我幫得上忙的地方……所以……」

「那我們一起回去吧！」

護送完阿爾瑪的錫安，聲音響徹了禮拜堂。

聽見他不容分說的語氣，朵瑞絲的表情動搖了。

「我是引船人——管制塔的守護者。把龍擋在入口，以免波及城市，是我的工作。拉斯薇特，妳也一樣吧？守護市民的健康是妳的工作。」

拉斯薇特點了點頭。朵瑞絲知道他們心意已決，歪著頭微微地笑了。

「真拿你們兄妹倆沒辦法，完全不聽別人的勸告。尤其是拉斯，妳和克勞斯……和妳爸爸像極了。」

聽了這句話，拉斯薇特突然懷疑朵瑞絲是否知道父親在尋找的事物、在追尋的事物——她一定知道吧。修道院也是懺悔的場所，父親只會在朵瑞絲面前吐露心聲。

「去看筆記本吧，拉斯。一定能夠幫上妳的忙。」

「筆記本……」

拉斯薇特喃喃說道，想起放在家中的父親食譜。如果捕龍是父親長年以來的心願，他確實極可能留下線索。拉斯薇特低頭致謝，而朵瑞絲一如平時，雙手交握，微微垂下頭。

「願上天賜福予你們。」

拉斯薇特背向目送他們的朵瑞絲，與錫安一起邁開腳步。

如果那條龍真的是父親追尋的龍。

而理由正如拉斯薇特所猜想的話。

那麼，拉斯薇特必須在場見證那條龍就戮的最後一刻。

◆

吉布斯察覺必須在龍發出怪叫聲之前發射鑽叉，便迅速採取行動。他將垂在空中的繫繩鑽叉拉回來，再次安裝好，謹慎地等候時機到來。不久後，地上響起爆炸聲，一陣風吹向船身，吉布斯立刻搶在芳香彈爆炸之前射出鑽叉。就在龍弓起龐大的身軀、發出比剛才更加淒厲的嘶吼聲的那一瞬間，鑽叉深深地刺進牠的側腹裡。

「成功了！」

尼柯舉起拳頭，隨即又眉頭緊蹙，猛烈咳嗽。戴著防風眼鏡卻還是直刺眼睛的異臭，讓瓦娜貝爾也忍不住摀住嘴巴。然而，他們無暇停頓，龍的尾巴瞄準船，更加猛烈地上下擺動。雖然瓦娜貝爾和米卡合力砍斷兩條尖銳如槍的尾尖，但是尾巴失去了銳利，並未失去力量。胡亂甩動的尾巴依然是莫大的威脅。

菲與索拉亞、尼柯與歐肯各自應付一條尾巴，瓦娜貝爾則是趁機思索如何打倒本體。就在此時，追擊的砲彈接連飛來，在龍的鼻頭爆炸。

「……怎麼搞的？軌道和剛才不一樣。」

吉布斯喃喃說道，身旁的米卡也靜靜觀察砲彈的流向與龍的動作。

「大概是決定好要把龍趕往哪個方向了吧。」

話剛說完，砲彈又爆炸了。龍的身體微微地偏向北方。

「好像是要我們把龍帶往北方。」

「現在有鑽叉連著，正是大好機會。喂！通知艦橋，往北前進！還有，準備火裂槍！」

面對吉布斯的指示，賈賈高聲表示了解。

雖然費了不少功夫，但現在龍再怎麼變色也無法遁逃了。往北前進之後，就會飛上雲端。只要穿過雲層，抵達月光照得到的地方，龍就難以擬態。

「動手吧。」

米卡揚起嘴角。

只要龍遠離城市，就不必手下留情。

現在正是發揮昆・薩札號真本領的時候。

第七章

隨著接近矗立於北側的山地，龍的樣子變得越來越奇怪。

叭吼！叭吼！牠吐出的氣息微微顫抖，身軀頻頻扭動，不規則擺動的尾巴朝著甲板襲來，而尼柯等人則是以捕龍槍射出火裂槍攻擊。梅茵增加了火藥量，照理說造成的傷害應該更大，但亢奮的龍雖然渾身淌血，卻狂暴依舊。來自幸運號的捕龍人也持劍砍龍，掩護設法抵禦的尼柯等人。

不知是不是因為痛苦之故，龍似乎亟欲逃離現場，一面擺尾一面往前衝刺，也因此，牠的嘴巴並未對著船，可說是不幸中的大幸。若是吐出的氣息吹到船上，搞不好甲板上的所有人都會被吹跑。

不能讓龍拖著走，也不能被龍甩掉——在這種前提下操縱補龍船，可說是難上加難。卡佩拉技術雖佳，平時畢竟只是擔任克洛柯的助手。梅茵也一樣，為了避免稱不上堅固耐操的昆·薩札號引擎故障，她必須一面觀察情況，一面發揮足以與龍抗衡的動力，絕不是一件容易的事。

瓦娜貝爾望著龍和昆・薩札號之間的緊繃繩索，暗想現在的緊張狀態活像在拔河。

「牠為何那麼痛苦？」

瓦娜貝爾朝著龍的本體釋放火裂槍，皺起眉頭。

雖然遵照威嚇砲的引導向北移動，但只是讓龍變得越來越狂暴，完全找不到解決之策。該不會是誤判了吧？瓦娜貝爾的臉上浮現懷疑之色。

「不過，牠攻擊我們的意志變弱了。」

吉布斯一面瞄準，一面喃喃說道。

或許該說是無暇攻擊比較正確。

由於鱗片一直處於倒豎狀態，火裂槍沒被彈開，刺中了龍，在牠體內爆發。然而，和尾巴一樣，無論射出多少發，似乎都不構成致命傷，令人乾焦急。莫非牠的痛覺很遲鈍？還是讓龍感到痛苦的「某種事物」更加強烈，壓過了疼痛？

「……是風吧？」

米卡喃喃說道。他一如往常地抽動鼻子，輕輕打了個可愛的小噴嚏。

「這一帶的風有股潮濕的樹味，那條龍大概是討厭這種味道。」

「潮濕的樹味……」

瓦娜貝爾想起「龍之牙」裡艾拉打噴嚏的情景。她說自從北風變強以來，花粉症就更加嚴重。哈啾！打噴嚏的米卡。叭吼！叭吼！吐氣的龍。雖然模樣和聲音都不同，卻有相似之處，這讓瓦娜貝爾聯想到某種可能性。

——花粉症……龍也會得嗎？

瓦娜貝爾眨了眨眼。怎麼可能？她從未聽過。不過，龍的生態尚有不明之處。既然逆鰭龍是以這一帶為根據地，和內貝爾市民一樣罹患花粉症，倒也沒什麼好不可思議的。

龍搖晃巨大的身軀，持續發出怪聲。

只有牠的象徵——逆鰭依然優雅地隨風擺動，輕盈得宛若即將飛往他方。這個部位的性質明顯異於平常，難怪先人取外號時不是依據那四條強力的尾巴，而是依據逆鰭。就在瓦娜貝爾如此暗想時——

「用電流槍吧。」

滿身大汗的幸運號男性船員奔上前來。

「數量雖然不多，但是效力很強，就算是這麼大的龍，應該也足以停止牠的行動。」

「不行。」

米卡一口否決。

「用了電流槍，肉會變難吃。」

男人不敢置信地瞪大雙眼。

「現在是說這個的時候嗎？」

「這點這很重要吧。再說，還有其他辦法。」

「其他辦法……哪來的辦法？」

「你想跳過去嗎！」

吉布斯臉色大變。

他用力抓住米卡的肩膀，不放米卡走。

「不行。或許你沒發現，但你的馬步沒平時穩，太危險了！」

瓦娜貝爾也有同感。

米卡對於龍的嗅覺依然敏銳過人，可是身體的反應慢半拍。換作平時的米卡，只要將安全繩的掛鉤掛上繩索往下滑，便能手到擒來——跳到龍的身上，爬上背部，瞄準要害，如此而已。

然而，解下安全繩、爬上龍背以後，必須仰賴自己的平衡感在滿布鱗片的皮膚上奔跑，一瞬間的遲疑往往會致命。

米卡皺起眉頭。

「不然要怎麼辦？繼續射火裂槍，根本沒完沒了；就算射電流槍讓牠全身麻痺，還是得跳過去了結牠啊。」

「那就由我去。」

「喂，瓦妮！」

瓦娜貝爾側眼制止慌張的吉布斯。

吉布斯應該也明白，現在甲板上的人之中，只有瓦娜貝爾做得到這件事。

「不過在那之前，必須先穿過雲層才行。現在這樣，搞不好會踩空。」

聽了瓦娜貝爾這番話，眾人將視線移回龍身上。

龍每次發出怪聲，身體的顏色就會變得斑駁陸離，擬態的氣力與體力似乎逐漸流失，但是尚未完全竭盡。牠時而融入雲層中、時而浮現，眼睛難以適應，反倒棘手。

吉布斯無奈地以手撫額。他明白瓦娜貝爾並不是在提議，而是在陳述自己的決定。

「真是的，淨是像到這些讓人傷腦筋的地方。」

他嘆了口氣。但若吉布斯處於最佳狀況，他也會做出和瓦娜貝爾同樣的決定。

無法接受的只有幸運號的男人。

「開玩笑的吧？明明用電流槍就行了啊！」

吉布斯無視啞然的男人，高聲說道：

「通知艦橋！一口氣上升到雲端！」

收到命令的賈賈對著傳聲管重複同樣的話語。

此時，索拉亞費盡千辛萬苦，總算擊落一條尾巴。持續咆哮的龍，眼睛變成更深的紅色。察覺這件事的不只米卡，就在眾人暗叫不妙之際，龍露出無數的利牙，轉身迴旋，帶著明確的意志襲向昆．薩札號。

將火裂槍裝進捕龍槍，朝著龍的眼睛射出。

雖然被龍躲開了，卻收到拖延之效。隨著轟隆引擎聲一起傾斜的飛船朝著雲端加速，甩掉試圖登上甲板的龍。

「大家找個東西抓緊，別被甩出去了！」

米卡和瓦娜貝爾一面用捕龍槍支撐身體，以免滑落，一面繼續發射火裂槍。兩人的目標不言而喻，即是龍的咽喉深處。多虧牠張大嘴巴攻擊，變得容易瞄準許多。和槍一起射入體內的火藥筒接連引爆，這似乎是目前為止的攻擊中最有效果的，龍的咆哮聲變得有些嘶啞，同時參雜直刺鼓膜的高音。

那種棘手的聲音要來了。

察覺此事的米卡，立刻將追加的火藥筒裝進槍裡。瓦娜貝爾看出他是打算繼續攻擊咽喉，不給龍發出聲音的機會，便如法炮製，而吉布斯和幸運號的船員也跟著射出火裂槍。

喔喔喔喔喔喔喔喔喔喔喔！

分不清是悲鳴或怒吼的嘶吼聲響徹天空。

在地上等候的人鐵定嚇得發抖。拉斯薇特充滿不安的側臉閃過瓦娜貝爾的腦海，持槍的手更加使上勁。

在這段期間，昆．薩札號依然繼續上升。不久後，船身衝進雲層裡，視野模糊起來，龍的身影也變得朦朧，但大家仍舊沒有停止開火。

遠遠地似乎可以看見龍的全身開始閃爍。

昆．薩札號穿過烏雲、躍上上空時，瓦娜貝爾知道那並非錯覺。龍已經沒有餘力擬態了。牠看起來像是在閃爍，是因為穿過雲縫的月光照亮金色鱗片之故。

——太陽的化身。

這下子她明白內貝爾市的居民為何如此敬畏牠。沒有鱗片的白色肚皮反射光輝，光芒四射，就和背對著烈日的雲朵看起來格外耀眼是同樣的道理。龍就是悠遊於黑夜之中的太陽。

龍似乎把牠那奇怪的吐氣聲擱在雲裡，呼吸變得緩和一些，取而代之的是因為咽喉受傷而發出的嘶啞咆哮聲。

還得花一番功夫才能抓住牠。

不過，牠確實已經變得虛弱不少。

瓦娜貝爾鬆一口氣，卻發現米卡正板著臉孔。

損傷越多，肉的廢棄部位就越多；而龍越痛苦，肉就會變得越硬。既然要抓，就要盡量抓得好吃——瓦娜貝爾想起他曾經這麼說過，背起了槍和備用彈藥，拿起兩把小型鑽叉。

「現在是好機會。」

說著，她迅速將安全繩的鉤子掛上繩索。

「掩護我。」

瓦娜貝爾留下這句話後，便用鉤子代替滑車，順著繩子滑向龍。

現在沒有時間遲疑。

不在這裡解決牠，就沒有後路了。

◆

拉斯薇特奔跑著。

她將父親的筆記本牢牢抱在胸前，朝著管制塔所在的位置，朝著她的朋友們所在的地點一路疾奔。

朵瑞絲說得沒錯，父親留下了線索。

比任何人都更加身手矯捷、更加強而有力的母親，之所以栽在逆鱗龍手上的祕密。

從字跡的深淺和寫下的位置，可知父親是在被趕出飛船以後留下這些訊息。父親一直期盼著有朝一日能夠再次遇見那條龍，能夠抓住那條龍。倘若自己做不到，希望日後某人與牠對峙時，能夠成功殺了牠——因此在筆記本裡留下這些訊息，將希望寄託在後人身上。

——他沒有死心。

無論是和拉斯薇特一起仰望夜空時。

或是喃喃囈語似地詢問龍的樣貌時。

父親並不是在追尋過去幸福的幻影，他所注視的始終是與龍對峙的未來。

拉斯薇特一方面懊惱父親為何不曾告訴自己，另一方面又感到後悔，因為她知道是自己沒給他機會訴說。在父親面前，拉斯薇特總像是對待易碎的物品，避免提起龍和捕龍船的話題。父親不再進廚房的理由，她也只是暗自揣測，不敢直接詢問。

她應該開口詢問的，詢問父親的想法，詢問龍的事。這麼一來，或許就能在這樣拚命狂奔之前，在瓦娜貝爾遇上危險之前告知一切。

——一定要平安無事。

——別變得和媽媽一樣。

拉斯薇特一心只有這個念頭，咬緊牙關，繼續奔跑。

◆

就算踩在刺入側腹的鑽叉上還是不夠高，爬不到背上，瓦娜貝爾只好抓住倒豎的鱗片。鱗片雖然不易碎裂，卻也沒堅固到足以支撐一個人體重的地步。瓦娜貝爾就像攀岩一樣，一面用手上的鑽叉刺入龍的身體，一面往上攀爬。幸好咽喉的痛楚似乎較為強烈，龍並未察覺到瓦娜貝爾，但是每當牠發狂大吼，瓦娜貝爾就必須拚命抓緊，以免被牠甩落。

汗水自額頭上滑落，弄濕眼皮。一旦鬆手就會掉到地上，沒人救得了自己。瓦娜貝爾眨了眨眼，刻意不往下看，右手更加使勁地拔出鑽叉往上刺，在逆鱗的阻撓下，用腳掌牢牢踏住龍身，以免踩空。

——妳的肌肉比看起來的更結實。

耳邊突然響起剛認識時蕾吉娜所說的話。她大可以待在地上等候，卻不顧危險一起上了船。說來不可思議，有她在後方，瓦娜貝爾就覺得發生任何事都沒問題。幸運號想必也很倚重她吧。雖然李大概會以沒錢為由而予以否決，不過瓦娜貝爾很想把她挖角到昆・薩札號來。

——雖然瘦，可是很強壯。這就是妳活著的證明。

在酒吧喝酒的時候，蕾吉娜撫摸瓦娜貝爾隆起的肌肉，如此說道。她還稱讚瓦娜貝爾的身體線條很美，讓瓦娜貝爾很開心。

——是啊，因為我是捕龍人。

即使不是自己盼來的棲身之處。

但現在瓦娜貝爾是自願待在天空。

擁有掩護自己的夥伴，可以單身捕龍，對於瓦娜貝爾而言都是無可撼動的驕傲。

「……哈！」

雖然不似龍那麼嚴重，但瓦娜貝爾急促地吐了口氣，終於爬上背部。看在瓦娜貝爾眼裡，依然只有逆鰭與疼痛無緣，彷彿自由自在地活著。或許是因為在月光的照耀下閃耀著金黃色光芒，鱗片唧噹作響之故吧。那副一點也不似生命走到盡頭的龍所有的悠然模樣，甚至帶有一股神祕的色彩。

就在瓦娜貝爾望而出神之際，龍發出巨大的嘶吼。

瓦娜貝爾回過神來，在寬敞的龍背上找到一個穩定的立足點。她察覺隆起的背部中央插著一把老舊的長叉，便伸出手來。牢牢綁在柄上的橘色布條，應該就是米卡在地上看到的東西。真虧他能從那麼遠的距離察覺這塊破布。啼笑皆非的瓦娜貝爾拄著長叉站起來，俯視腳下。長叉刺得很深，如今已經與肉化為一體，怎麼也拔不出來，八成是有人曾試圖攻擊要害卻失手了吧。

瓦娜貝爾用眼睛搜索龍背。

龍的要害和人類差不多。只要瞄準正中線上的小凹洞——命門，再怎麼巨大的龍都是不堪一擊。

她舉起槍來，發射火裂槍。

只聽得「砰」一聲，火裂槍在龍的體內爆炸。

為求慎重起見，瓦娜貝爾又裝了一發火裂槍，給予致命一擊。

龍的身體產生前所未有的劇烈震動。連叫聲都發不出來的龍，身子往後仰。站不住腳的瓦娜貝爾連忙趴下來，抓住巨大的身軀。長叉的存在又幫上了忙。絕不能在這時候被甩掉，瓦娜貝爾決定暫時維持這個姿勢，握住長叉吁了口氣。龍斷氣之後，並不會馬上墜落，要等到全身都失去力量以後，震臟才會完全停止運作。待龍不再動彈，再將拖曳用的滑車鉤插進牠的背部，等待昆．薩札號靠近即可。

此時，瓦娜貝爾察覺隨風飄揚的破布上似乎寫了什麼字。她瞇起眼睛，試著辨識幾乎快消失的文字。

——這是……

就在她坐起身子，打算看個仔細之際。

背上一陣惡寒竄過，瓦娜貝爾跳開來。同時，逆鰭猛烈地拍向她剛才抓著的位置。當她因為意料之外的狀況而愣在原地時，只見閃閃發光的逆鰭與身體分離，飄上空中。

——不。

直到此時，瓦娜貝爾才察覺他們的錯誤。

他們一直以為是逆鰭的物體並不是鰭。

那是一條小型龍。緊緊攀附於大型本體之上的新生物，在瓦娜貝爾面前現出廬山真面目。

瓦娜貝爾倒抽一口氣。

除了沒有豎鰭以外，小型龍的樣貌和本體一模一樣，可說是本體的迷你版。然而，不知是不是同胞遭受攻擊的怒氣使然，牠的眼睛呈現熊熊燃燒般的火紅色，意志強烈地瞪視瓦娜貝爾。龍一口氣逼近瓦娜貝爾的鼻頭，張大嘴巴。啊，完蛋了——萬念俱灰的瓦娜貝爾發自本能地摀住耳朵。

這個動作救了她。

足以劃裂全身的音波從龍的口中發出。

瓦娜貝爾痛苦地皺起臉龐。鼓膜好像破裂了，鼻子流出溫熱的液體，雙腳也跟著一軟，她失去平衡，跌坐下來。龍以雙眼捕捉了毫無防備、束手無策的瓦娜貝爾，張開血盆大口，銳利的牙齒朝著她的腦袋咬下去。

就在這一剎那——

一道影子縱到龍的背後，同時響起爆炸聲，小型龍的背部迸裂。

嗚嗚嗚！龍發出了與剛才截然不同的虛弱叫聲，掉落下來。又一發火裂槍打向牠的背部。

「妳太大意啦，瓦娜貝爾。」

米卡面露賊笑。他也流著鼻血。

瓦娜貝爾用手背抹了抹鼻子底下，這會兒才放鬆肩膀的力氣。

一想起龍吹到自己鼻頭上的氣息，她就毛骨悚然。直到聽見米卡望著小型龍悠哉說道：「這兩條龍的味道是不是不一樣啊？」她才確信已經結束了。

「謝謝。」

「別謝我，去謝那傢伙吧。」

「那傢伙？」

「那個廚師。」

米卡的拇指指著緩緩接近的昆．薩札號。

只見泫然欲泣的拉斯薇特和吉洛一起站在甲板前端。

◆

猶如劃過夜空的流星，龍朝著地上靜靜墜落，金黃色光芒也越來越微弱。看著瓦娜貝爾和米卡將拖曳用的滑車鉤插在龍背上，拉斯薇特用盡全力才克制住嗚咽。一直以來小心保管以免弄髒的父親筆記本，因為她抱得太緊而沾上汗水，變得皺巴巴的，但拉斯薇特卻更加用力地抱緊筆記本。

——謝謝你，爸爸。

看著瓦娜貝爾他們回到甲板上，拉斯薇特在內心輕聲說道。假如沒有這本筆記本，或許瓦娜貝爾會被那條看似逆鰭的龍吃掉。

瓦娜貝爾和米卡的鼻子底下都被模糊的血跡染得一片通紅。不知是不是因為用手去擦，皮手套也是紅的。拉斯薇特從口袋裡拿出手帕，遞給瓦娜貝爾。她不知道該說什麼才好，默默無語，而瓦娜貝爾一如平時，微微地笑了。

「謝謝。」

拉斯薇特點點頭，強忍的淚水掉了一滴下來。自己是什麼時候變得這麼愛哭呢？她覺得很難為情。就算是小時候，她也不曾在大庭廣眾下這麼哭過。她明明不想再哭了，可是肩膀一感受到瓦娜貝爾手的溫度，淚水就一滴接一滴掉落到甲板上。

「是這個人告訴我們的。逆鰭不是鰭，而是另一條龍。」

吉洛代替垂著頭的拉斯薇特說道。

父親的筆記本上寫著「豎鰭飛了起來」。食譜後面是連續的空白頁，而父親是寫在最後一頁，所以拉斯薇特直到今天才發現這段文字的存在。然而，父親用拙劣的筆法畫下的，確實和拉斯薇特在地上瞥見的那條龍一樣，背上長著弦月形的豎鰭，四條尾巴在身後擺動。筆記本上記載母親攻擊那條龍背上的要害，卻受到意料之外的反擊，手臂被分離的豎鰭咬傷，雖然及時救回船上，卻因為傷口太深而化膿，就這麼在天上過世了。

一想到瓦娜貝爾也會遇上同樣的事，拉斯薇特便如坐針氈。

「我有東西要交給妳。」

說著，瓦娜貝爾遞出一塊細長的橘色破布。說歸說，只是勉強看得出原來是橘色而已，現在不但褪了色，還有汙漬。米卡在地上看到的應該就是這個吧。不過，為何要交給拉斯薇特？

拉斯薇特歪頭納悶，接過了布條。瓦娜貝爾指著邊緣問道：

「這是綁在鑽叉上的。妳認得出這些字嗎？」

拉斯薇特以為是汙漬，原來是繡在上頭的字。起初大概是銀線，但在龍背上旅行期間，逐漸變成黑色。

拉斯薇特攤開布條凝視文字，不禁睜大眼睛。

「筆記本上寫的也是這個名字吧？」

拉斯薇特點了點頭。

對——她本想如此回答，卻因為咽喉顫抖，只發出嗚咽聲。

——蕾拉。

雖然因為掉線而變得不甚分明，但上頭寫的確實是這個名字。

「媽……」

終於吐出的話語因為顫抖而不成聲，拉斯薇特抱著筆記本和布條啜泣。有人拍了拍她的背，用不著抬起頭來，拉斯薇特也知道是誰。既然站在眼前的是瓦娜貝爾，在背後守候她的必然是蕾吉娜。

瓦娜貝爾看著一頭霧水的吉洛說：

「好，回地上吧。」

聽了這句話，吉布斯也高聲宣布：

「好，開始下降！還有肢解在等著我們！」

「咦～～～～」

不立刻肢解，肉質和油質都會變差。雖然明白這個道理，疲憊不堪的船員們還是發出抗議之聲。不過，他們隨即便一面嘀咕「沒辦法」、「這條龍要怎麼分啊」，一面著手收拾用完的裝備。

拉斯薇特吞下淚水，抬起頭來，終於對瓦娜貝爾露出笑容。

「歡迎回來，瓦娜貝爾小姐。」

「……我回來了。」

瓦娜貝爾有點難為情地聳肩。

蕾吉娜用調侃的眼神瞥了她一眼，接著伸出拳頭，瓦娜貝爾也伸出拳頭碰擊回應。

瓦娜貝爾回來了，一切都結束了。

「工作還沒結束！」

一抵達地上，吉布斯便大聲吆喝。在他的指示下，所有飛船的捕龍人都開始進行肢解。剛才照射天空的投光器，這會兒照耀著墜落在地的龍。躺在飛行船停泊場的龍，對著靠攏的人群散發出一股莫名靜謐的威嚴。

拉斯薇特也想幫忙，但是這次和她初次在昆・薩札號進行肢解的規模完全不同，她根本不知道該從哪裡著手。龍的身體被無數鱗片覆蓋，皮膚也很厚，靠人類之手真的切得開嗎？就在拉斯薇特不知所措之際，身旁與她年齡相仿——看起來甚至比她還要年輕的塔姬妲，對著龍雙手合十。

「回歸雲端，復招清風。」

拉斯薇特凝視著對龍說話的她。

「是祝禱詞。」

塔姬妲靦腆地笑了。

就跟安魂曲的意思一樣嗎？拉斯薇特暗想。城裡如果有人過世，朵瑞絲也會對死者說話。拉斯薇特效法塔姬妲，雙手合十。

「回歸雲端，復招清風。」

她生硬地念道，心情似乎變得輕鬆一些。塔姬妲一臉欣慰地看著這樣的拉斯薇特。

「好，我也要開工啦！」

塔姬妲把長刀插入龍的身體。就在拉斯薇特遲疑自己是否也該嘗試之際，蕾吉娜笑著制止她。

「待會兒才輪到妳出場，粗重的工作就交給專業的來吧。」

平時蕾吉娜的聲音便很輕快，今天更是像唱歌一樣充滿活力。面對罕見的巨大獵物，她似乎因為可以解剖而興奮得發抖，比喝酒時更加開心。

「再說，大家一定很期待妳做的美味早餐。我的肚子也餓得咕嚕咕嚕叫了。」

像是算準了時間，宣告半夜三點到來的鐘聲正好響起。

在昆・薩札號上圍著餐桌而坐，彷彿已是很久以前的事，但其實連半天都還沒過。拉斯薇特仰望自己剛才所在的夜空。穿過雲層、躍上星空時，她只顧著祈禱瓦娜貝爾的平安和適應飄浮的感覺，其他什麼事都顧不得，直到瓦娜貝爾歸來以後，她才有閒情逸致環顧四周。

——我回到天上了。

回想起來，拉斯薇特最初和父親一同搭乘的——父母相識的那艘船上，飄盪的空氣與昆・薩札號頗為相似。船上的男人們粗枝大葉、滿身大汗、談吐粗俗，卻充滿不擅表達的溫柔。他們向拉斯薇特描述回憶中的母親，而父親則是精心製作料理，替他們養精蓄銳。現在，拉斯薇特終於能夠懷著正向的心情想起這些光景。

「為了媽媽，爸爸應該很想料理這條龍吧。」

蕾吉娜傾聽拉斯薇特的話語。

「聽說媽媽很喜歡吃龍肉，尤其是親手屠宰的龍，總是吃得津津有味。跟米卡先生很像。」

「是個不折不扣的捕龍人。」

「……是啊。對了，看到米卡先生，我想起來了。蕾吉娜小姐，這條龍能吃嗎？可以拿來煮大家的早餐嗎？」

「有不能吃的可能性嗎！」

蕾吉娜還來不及答話，米卡便悲痛地吶喊。

「這麼大隻又好吃的龍，怎麼可以不吃！」

這個人真的滿腦子都是吃——拉斯薇特笑了。和去搭救瓦娜貝爾的時候截然不同，當時他一聽完拉斯薇特說的話，便立刻將安全繩的鉤子掛上繩索，滑了下去。當時他的背影帥極了，現在的表情和語氣卻活像貪吃的小孩。

拉斯薇特不禁暗想，媽媽是否也是這樣？不不不，應該不至於這麼誇張吧？可是，從爸爸的回憶看來，她好像是個自由奔放的人。

「真是個怪人。」

蕾吉娜也抖動肩膀，格格笑了起來。

「你忘記你們為什麼來到這座城市嗎？這條龍的肉不見得安全吧？」

米卡似乎忘得一乾二淨——拉斯薇特甚至懷疑，他是否連自己在龍出現之前一直臥病在床的事都忘了——愣在原地，接著又懊惱地跺腳。

「搞什麼，拉斯薇特不是要煮給我們吃嗎！」

「哎呀，你很中意拉斯嘛。」

「當然啊，我巴不得把她拉上昆·薩札號帶走。」

拉斯薇特知道他不是會說客套話的人，羞紅了臉。蕾吉娜也頻頻點頭。

「我懂，我也很想僱用她。」

「啊……呃，蕾吉娜小姐，這條龍真的不能吃嗎？醫生他們在找食物中毒的原因吧？」

拉斯薇特一直避免與親人以外的人交流，因此從未被人如此大力稱讚過，覺得渾身不自在，便改變了話題。

「啊，對了，聽說只有某個特定部位不行，其他部位應該可以吃吧？」

拉斯薇特突然想起這件事。聞言，周圍的捕龍人倏地停下動作。蕾吉娜意有所指地環顧眾人，但是沒有人敢直視她。

到底是怎麼回事？拉斯薇特用視線詢問。

「好像是瓣膜性心臟病。」

蕾吉娜苦笑道。

「瓣膜性心臟病？」

拉斯薇特從沒聽過這種病名，皺起眉頭。

「瓣膜是讓血液正常流到心臟的裝置。簡單地說，就是這種裝置無法發揮正常功能的疾病，有時會引發血液倒流或動脈硬化。哎，總之很麻煩……」

蕾吉娜望向眾人合力屠龍的北方山地。

「這條龍長年以這一帶為據點，攝取過多的棪樹花粉，引發了花粉症。人類通常不會因為花粉症而造成瓣膜損傷，我們推測可能是因為參雜在花粉中的細菌，或是因為黏膜異常而造成某些功能降低，導致心臟受損。」

蕾吉娜示意拉斯薇特觀看，只見幾個看似醫生的人圍在取出心臟的捕龍人身邊。

「多虧了逆鰭龍，或許能查出光靠肢解完畢的龍肉無法查明的資訊。啊，牠好像不是逆鰭？算了。」

「這麼說來，呃……只有病倒的人有吃的部位，就是心臟囉？」

「沒錯。」

蕾吉娜面露賊笑，像是想到什麼歪主意。

不過，拉斯薇特不明白。這有什麼好害臊的？連粗獷的吉布斯也面紅耳赤，默默進行肢解。見狀，拉斯薇特露出詫異的表情，蕾吉娜問她：

「小時候有沒有人跟妳說過，龍的心臟不能吃？」

「……好像沒有……」

「哎，也對，就連我們這個世代聽過的人也不多，已經成了古老的迷信。」

蕾吉娜壓低聲音，在拉斯薇特耳邊說道：

「據說龍的心臟有壯陽的效果。這樣妳懂了嗎？」

這回輪到拉斯薇特滿臉通紅。

一旁的塔姬妲尷尬地笑道：

「所以女人不能吃。可是我實在很好奇。雖然大家都叫我別吃，但我還是跟他們一起吃了，而且吃了一堆。」

「聽說對女人也有春藥的效果。不難想像妳說想吃的時候，大家是什麼心情。一定很尷尬吧。」

蕾吉娜的聲音流露著同情之色。聞言，昆・薩札號的男人們全都點頭如搗蒜，塔姬妲卻是泰然自若。

「人家就是好奇嘛，畢竟沒吃過。吃了以後才知道很有彈力，很好吃。」

「是菲起的頭～」

歐肯邊切肉邊說，尼柯也立刻點頭附和：

「對對對，菲說他爺爺說過，吃了以後就會和龍一樣威猛。」

「他都這麼說了，我們只好吃啦。」

「就是說啊。」

「你們兩個太過分了吧！明明自己也躍躍欲試！」

「男人真的都很蠢。」

蕾吉娜聳了聳肩。

「哎，事情就是這樣。我想心臟和鄰近部位以外應該都沒問題，不過為了安全起見，我們才幫忙肢解，順便檢查。」

「啊……不是因為想解剖？」

「這當然也是一個理由。這種龍很有趣，比較大的是母的，逆鰭龍是公的。之所以化為一體，可能是因為正在交配。人類對於龍的生殖方法幾乎一無所知，你們這次可說是立下大功。」

蕾吉娜雙眼閃閃發光地仰望著龍，表情和在天空中發現龍的米卡一樣。

——每個人都有自己的分內工作……

拉斯薇特想起朵瑞絲的話語。

對於蕾吉娜而言是醫學，對於父親而言是烹飪，而母親則是死於捕龍人的分內工作。

——那我呢？

之所以成為廚師，是因為嚮往父親的魔法，以及想幫阿爾瑪的忙，理由夠充分了。可是，拉斯薇特真能貫徹自己的料理之路，心滿意足地死去嗎？

「喂，塔姬妲！吉洛！腦油就交給你們舀了！」

站在龍的頂端——背上的吉布斯叫道。

拉斯薇特立刻回答：「我也來幫忙！」之所以自告奮勇，是因為在場眾人中，只有她一個人光說話不做事，這一點讓她感到無地自容。

塔姬妲一臉錯愕地望著拉斯薇特。

「妳確定？舀腦油很～～～臭耶！」

「是嗎？」

「而且全身都會變得油膩膩的。難得妳穿得這麼可愛。」

說著，塔姬妲比較自己和拉斯薇特。拉斯薇特的作業服其實並不算可愛，然而塔姬妲不知是不是因為身上的制服有點骯髒，一臉難堪地拉著衣襬。見狀，拉斯薇特忍不住用堅定的語氣回答：

「沒關係，衣服再洗就好。現在不知道龍肉能不能用，能做的早餐準備有限……我也想幫大家的忙。」

「有什麼關係？凡事都是經驗嘛！」

「哎……拉斯薇特小姐不在意的話，是沒關係啦……可是真的很臭喔。」

塔姬妲依然一臉擔心。

「不要緊，結束以後大家一起去洗澡就好了。妳還沒去過這裡的大浴場吧？很紓壓喔。」

聽了蕾吉娜這番話，塔姬妲的表情總算亮起來。拉斯薇特想起和瓦娜貝爾、蕾吉娜一起洗澡的那一天。明明是幾天前的事，感覺卻好遙遠，彷彿和蕾吉娜她們已經在這座城市一起生活了好幾年。

——對喔，這些人會回到天上去。

想起這件理所當然的事，拉斯薇特的胸口一陣抽痛。環顧四周，近百個捕龍人爬上了龍山，將肉切下來搬走。他們工作的身影看起來如此耀眼，想必不單是因為光線照射之故。食物中毒的原因已經查明，他們再也沒有不啟航的理由。

「所謂的腦油，就是龍的頭部裡的油。不是每一條龍都有，所以很高級。」

塔姬妲說明，拉斯薇特這才回過神來。

「必須鑽進頭部，用水桶舀油，所以都是由我和吉洛這種身材矮小的人負責。雖然不需要技術，可是很吃力。」

「沒問題，做菜其實也很需要力氣。煮多人份的伙食時，必須一個人切一大盤肉，搬菜也需要力氣。我常去山上摘野草，對下盤很有自信。」

拉斯薇特挺起胸脯，塔姬妲意外地睜大眼睛。

「沒想到妳挺強壯的嘛。看妳這麼苗條，我還以為妳的個性很文靜呢。能和妳這麼聊得來，我好開心。」

塔姬妲天真無邪地笑了，拉斯薇特垂下眼。

「……其實，平時我和家人以外的人不怎麼說話的，是因為昆．薩札號的人都對我很好。」

拉斯薇特現在明白，從前那個板著臉默不吭聲、認為只要提供對方需要的料理就夠了的自己是多麼傲慢。尤其是和塔姬妲說話的時候，更是覺得冥頑不靈的自己非常可恥。

必須把逆鰭的事告訴瓦娜貝爾——當拉斯薇特倉皇趕來並如此表示時，頭一個告訴她「有自轉旋翼機！」的也是塔姬妲。

「雖然我不清楚是怎麼回事，不過妳有事要通知瓦妮姊吧？吉洛，麻煩你用自轉旋翼機載她去大家身邊！」

因為有塔姬妲這句話，在場眾人雖然困惑，還是迅速地送拉斯薇特離開。事後拉斯薇特詢問塔姬妲為何馬上就相信自己那番毫無根據的話，塔姬妲若無其事地笑道：「因為妳很著急啊。」拉斯薇特不禁暗想：「如果我也能像她一樣用柔軟的心善待別人就好了。」這是從前的拉斯薇特從未有過的念頭。

——這麼一提，當時德克也一臉擔心。

拉斯薇特想起正在檢查心臟的兒時玩伴。德克最愛吃的料理是用紅蘿蔔和迷迭香泡過的龍油炸成的洋芋片，拉斯薇特認為那對身體不好，所以不常做，不過今天破例一次應該無妨，昆．薩札號的人一定也會很開心——拉斯薇特如此想像，心頭雀躍不已。

塔姬妲帶著拉斯薇特來到一個活像柔軟的巨大袋子的物體前，正中央的切口是打開的，用工具固定著。拉斯薇特借了長靴和手套，提著水桶，戰戰兢兢地走進裡頭。才剛踏進去，她便因為濕濕黏黏的液體而滑了一跤，一屁股跌坐在油漬上。

「好驚人，不像在腦袋裡，倒像在腸胃裡。」

拉斯薇特觸摸和外側一樣富含水分與彈力的內壁。塔姬妲說得沒錯，腥味確實很重，但是身在龍體內的感動壓過了腥味。

「妳好像很開心啊，拉斯薇特小姐。」

「叫我拉斯就好……嗯，很開心。就算是從前搭捕龍船的時候，我也沒有體驗過這種事。」

現在拉斯薇特才明白當時的自己是多麼受到保護。

龍一來襲，她就立刻被關進船艙裡。雖然她對於不能觀戰大為不滿，但也正因為如此，年幼的她才能毫髮無傷地繼續在空中旅行。不讓她靠近肢解現場，想必也是因為擔心發生感染症。因此，雖然搭乘捕龍船，但拉斯薇特始終只當父親的助手，從未參與過其他工作。

啊，對了……拉斯薇特這才想起來，當初下船時，正好是船上有人提議該讓拉斯薇特幫忙的時候。

用水桶舀起油，交給在外頭等候的吉布斯，再接過新水桶。置身於龍的氣味之中，拉斯薇特感覺到當年棄置於遙遠彼方的寶物似乎再次回到手中。

「塔姬妲小姐……我可以問一個問題嗎？」

「叫我塔姬妲就行了。」

「好，塔姬妲。」

「什麼事？拉斯。」

兩人相視而笑。

「呃，如果……只是如果，如果阿義先生因為妳食物中毒而下船，妳會怎麼辦？」

塔姬妲停下動作，凝視著拉斯薇特，揣測她的真正用意。

導致父親下船的食物中毒事件，八成也是食用心臟造成的。父親搭乘的都是在這附近航行的飛船，就算捕獲了罹患花粉症的龍也不足為奇。

問題在於拉斯薇特也因為食物中毒而病倒了。

失去母親的父親對於壯陽應該不感興趣，所以八成沒吃，可是拉斯薇特吃了。雖然不清楚來龍去脈，不過拉斯薇特對於食物的好奇心從以前就比別人加倍旺盛，八成是看到男人們悄悄享用，便去拿來偷吃。

並不單是拉斯薇特的錯。

但是拉斯薇特成了推手之一，也是事實。

塔姬姐似乎從拉斯薇特的表情察覺這個問題的重要性，盤起手臂思索。不久後，她擠出聲音回答：

「……應該不怎麼辦吧。」

「不怎麼辦？」

「如果病倒的只有我，或許另當別論……我沒那麼偉大，足以左右阿義大哥的人生。」

塔姬姐好像很滿意自己的答案，點了點頭。

「就算阿義大哥離開昆・薩札號，那也是他在深思熟慮過後做出的決定。或許我是契機，但不是唯一的理由。對於阿義大哥而言，餐廚長這份工作應該沒有無關緊要到可以為了我一個人而放棄的地步。」

——啊，又要哭了。

拉斯薇特暗想，生硬地擠出笑容。

「很有妳的風格。」

「哎，雖然沮喪是難免的啦，但這是兩碼子事。」

塔姬姐說道。

沒錯，她說得對。拉斯薇特把塔姬姐的話語烙印在心頭。

——爸爸……爸爸是帶著他的驕傲而活，我可以相信這一點。

「喂，拉斯薇特，可以出來一下嗎？」

「啊，抱歉，我這就拿出去！」

「不，我不是在說那個。」

拉斯薇特拿著水桶從腦油袋探出頭來，只見瓦娜貝爾站在外頭。

「可以占用妳一點時間嗎？」

她用一如平時的淡然口吻邀約拉斯薇特。

◆

為了安全起見，心臟和內臟別吃，其他的都行——訓令一下達，立刻跳了起來的當然是米卡。他在已經肢解大半的龍面前高高舉起雙臂。

「好，開動了！咦……拉斯薇特跑去哪裡？」

「剛才和瓦娜貝爾小姐一起離開了。」

回答的是錫安。

他和長時間工作的德克一起來傳達訓令，順便休息。

「搞什麼，我還以為可以吃到沒吃過的東西耶！」

米卡的失望之情溢於言表，錫安面露苦笑。蕾吉娜暗想，錫安的表情和拉斯薇特很相像。拉斯薇特過於自立，也因此過於頑固，彷彿一碰就碎。她的倔強與不擅表達的溫柔，也和從前自己深愛的那個孩子很像。蕾吉娜在不知不覺間把拉斯薇特當成自己的妹妹，但是看見錫安的表情，讓她重新體認到拉斯薇特的家人並不是自己。

「如果您不嫌棄，我可以代勞。雖然我只會簡單的料理，不過全都是拉斯薇特親傳的，保證美味。」

說著，錫安指向窯場。

「阿義先生也開始準備伙食了，換班休息的人請務必來品嘗看看。」

「哦，你要煮什麼？」

「來道龍肉炒孜然如何？雖然只是和切碎的洋蔥、紅蘿蔔跟青椒一起炒一炒而已，但是蒜泥、孜然和桬果都很夠味，最適合下酒。」

「桬果那麼臭，加進料理裡面沒問題嗎？」

巴達金一臉擔心地說道。他一直在哀嘆由於持續發射威嚇砲，全身都沾染了桬果的氣味。

「沒問題，因為用的是乾燥的果實。那種又麻又辣的味道保證您一吃就上癮。」

德克打包票。

「我想吃炸肉排，就是在『龍之牙』吃過的那個。加了好幾種香菇，澆上奶油醬，和水煮馬鈴薯一起吃，真的超好吃。」

「那是這一帶的招牌菜，馬上就能做。說到馬鈴薯，錫安，不知道拉斯願不願意幫我做那道菜？我好久沒吃了。」

「你跟她說啊，她一定會答應的。」

「是嗎？她對我一直都是疾言厲色。」

「誰叫你老是要捉弄她？每次一到她的面前，就故意裝模作樣。」

「因為她的反應很好玩啊。」

「你就是這樣才會被討厭。」

「你沒資格說我吧。」

或許是因為暫時得以喘息而鬆懈下來，在蕾吉娜他們面前一直恭敬有禮的兩人，現在看起來就像是普通的青年。有這兩個人在，拉斯薇特一定沒問題的——思及此，蕾吉娜又露出不為人知的苦笑，對自己說：「妳以為妳是誰啊？」

蕾吉娜一直想著，至少待在這座城市的期間，要好好保護拉斯薇特。但有什麼好保護的？蕾吉娜自己也不明白，只是希望能夠讓過度頑固的她暫時敞開心房。這是種極為傲慢的想法，拉斯薇特原本就不是一味要人保護的柔弱女子，這一點她很清楚。

——或許被拯救的是我。

蕾吉娜伸了個懶腰。

好想喝酒，想在沉默寡言的瓦娜貝爾點頭附和之下痛快地喝一場。

真是的，不久後就要各奔前程，她到底帶著那個小可愛跑去哪裡？怎麼找也找不到。

「天快亮了。」

不知幾時間來到身邊的米卡仰望天空，喃喃說道。

視線前端是奔馳於夜空中的小型機械。

◆

拉斯薇特接過瓦娜貝爾遞來的防風眼鏡，跨上了原以為不會再乘坐第二次的自轉旋翼機。

「呃，瓦娜貝爾小姐，我全身都是腦油，黏答答的……至少讓我換套衣服。」

「沒關係。再說，沒時間了。」

「……時間？」

「抓好。」

瓦娜貝爾發動引擎，前端的小型螺旋槳開始旋轉。啪啪啪啪！自轉旋翼機發出吵雜的聲音，開始奔馳，不久後輕飄飄地浮起來。拉斯薇特還是不習慣腸胃搖動的這一瞬間。

瓦娜貝爾什麼也沒說。

然而不可思議的是，拉斯薇特完全沒有不安的感覺。

不知何故，委身於瓦娜貝爾，讓她感到安心。

有別於一心只想快點抵達目的地的初次搭乘，這次拉斯薇特有環顧周圍的閒情逸致。飛往雲層的途中，她戰戰兢兢地回望腳邊的城市。像座小山的龍越來越遠，如今幾乎化為骨頭的模樣看起來宛若化石。光耀自己的鱗片已不復在，而是被人類用光線照亮內臟的每個角落，肢解成塊。曾經那麼可怕的生物化為了渺小無力的存在。

「……回歸雲端，復招清風。」

拉斯薇特再次念出塔姬姐教她的祝禱詞。

拉斯薇特突然暗想，這段與朵瑞絲的安魂曲相似的語句，其實也和料理相通。肢解的龍肉被拉斯薇特他們吃掉，化為血肉；而他們的身體遲早有一天會回歸塵土，孕育下一個生命。

——把龍抓住，肢解吃掉。在那之前絕不能死，這就是捕龍人。

她在胸中反芻。米卡的話語或許也是這個意思。

不久後，兩人連同機體一起衝進雲裡。瓦娜貝爾並沒有因為視野模糊而遲疑，一直線地朝著雲端飛去。拉斯薇特想更靠近那無論何時都不曾迷惘的背影，用力環住瓦娜貝爾的腰。

雲變得越來越淡，視野也亮了起來。

有別於剛才，並不是因為月光。

無風的靜謐夜空裡，只有自轉旋翼機的螺旋槳聲響徹四周。瓦娜貝爾停止上升，開始迴旋，而拉斯薇特立刻明白她想讓自己看什麼了。

閃爍的星光已不復見。

因為天空染上紫色。

遠方的地平線邊際散發著淡桃紅色光芒，光輝遠比之前對峙的龍更加強烈的金黃色太陽探出臉來。

那是拉斯薇特一直夢寐以求的黎明天空。

是拉斯薇特一直期盼有朝一日能夠返回的故鄉。

「……拂曉。」

拉斯薇特用顫抖的聲音輕喃。瓦娜貝爾歪頭回望著她。

「我的名字。因為我是黎明出生的孩子。」

所以才取了這個在母親的故鄉意味著拂曉之意的名字。

拉斯薇特用額頭抵著瓦娜貝爾的背部。她不想被看見更多的淚水。

「謝謝妳，瓦妮小姐。我一直很想看這個景色……想了好久、好久。」

「是嗎？」

瓦娜貝爾只回答了這麼一句，沒有多說什麼。

她默默地在每隔數秒就改變表情的夜空中繼續蛇行。拉斯薇特抓著她的背，彷彿捨不得眨眼似地睜大眼睛，將拂曉的景色烙印在眼底。

置身於龍的氣味中，拉斯薇特大概永遠也不會忘記這道金黃色的光輝。

終章

出發當天的早上，瓦娜貝爾和蕾吉娜被帶往位於山腰的小修道院。嵌在禮拜堂的逆鰭龍彩繪玻璃旁，有個用龍皮加工雕刻而成的小壁毯，想必是承包龍的肢解與加工的解剖士做的。

「以後每次來到這裡，我都會念塔姬妲教我的祝禱詞。」

拉斯薇特說道，表情就像是祛了邪一般清爽。

「我們會一起祈禱各位捕龍人的平安與這座城市的和平。」

院長朵瑞絲也微微笑道。

那張春日般的笑臉彷彿淨化了自己，同時，瓦娜貝爾嘗到一股不可思議的安心感

──拉斯薇特應該沒問題了。

察覺自己格外關心拉斯薇特，瓦娜貝爾在回船的路上提起這件事。

「太好了，原來不只我一個。」

蕾吉娜露出安心的表情。

「我問她要不要來我們的船，被她拒絕了，真可惜。我是頭一次遇上這麼想帶走的人。」

「畢竟她的料理很好吃嘛。」

「就是說啊。再不然，至少讓我們的餐勤長學學她的食譜。」

瓦娜貝爾也問過拉斯薇特要不要來昆·薩札號，因為她以為和父親一樣成為在天空旅行的廚師是拉斯薇特的心願。

然而，拉斯薇特沉穩地搖了搖頭。

「每個人都有自己的分內工作。」

她用莫名成熟的語氣說道。

「我要留在這裡，替市民——還有造訪這座城市的捕龍人做菜。」

那家餐廳今後的生意應該會更加興隆吧。下次來訪的時候，拉斯薇特說不定會忙得沒時間招呼瓦娜貝爾她們。這樣的預感雖然令人開心，卻也讓人略感落寞。

「打從決定要在天上生活以後，我還以為自己已經把家人和感傷都拋開。不行，看來我的修行還不夠。」

這是平時總是自信滿滿的蕾吉娜頭一次說喪氣話。

如果對地上留有眷戀，身為捕龍人的覺悟便會產生破綻，這等於是讓自己和夥伴的生命暴露在危險中。然而，人活著，難免會有感傷的時候。

「哎，適可而止就好。」

「是啊。多了份重逢的期待，就多了些活下去的動力。」

「只是不知道會在幾年後而已。」

不久後，來到了重建中的管制塔，蕾吉娜轉向瓦娜貝爾。

「很高興認識妳，有緣再會。」

「是啊，有緣再會。」

兩人舉起拳頭，互相碰擊。

她們不需要其他言語。

回到昆．薩札號，貨物正好全數裝箱完畢。經過充分的休息，體力過剩的男人們在船上跑來跑去，比平時更加吵鬧。站在甲板上的卡佩拉和梅茵察覺了瓦娜貝爾，向她招手。

地上沒有瓦娜貝爾的歸處。

這艘船和飛龍翱翔的天空才是她的生存之地。

天南地北，追逐著遨遊天際的龍。四處漂泊的旅程將會永遠持續下去。

瓦娜貝爾不再回首。

她搭上船，深深吸一口沾染了龍的氣味的空氣，朝著準備出發的夥伴們邁開腳步。

DRAGON's RECIPE

◉油漬卡門貝爾乳酪

材料〔1份〕

✦卡門貝爾乳酪：１個　✦洋蔥(小顆)：１／２顆
✦新鮮羅勒：１～２把
✦桉葉：１片　＊沒有可用乾燥百里香、乾燥迷迭香各一撮代替。
✦桉果(粗磨)：約10顆　＊沒有可用黑胡椒代替。
✦紅辣椒(切片)：1根　✦鹽少許
✦龍油(沒有可用橄欖油代替)：150CC
✦大蒜：按照喜好磨成泥或切碎都可。

1 將乳酪橫切成兩半，塗上大蒜。
＊大蒜磨成泥香味會比較強烈。

2 將切片的洋蔥和藥草鋪在密封容器底部，放上乳酪。

3 將洋蔥和藥草放在乳酪上，呈夾心狀態。

4 放入所有調味料，將乳酪完全泡在油裡。

5 密封後放置２～3天。

◉龍肝丸湯

材料〔6人份〕

✦龍肝：300g　＊若要用代替品，建議使用豬肉。
✦薑末：20g　✦蔥花：20g
✦鹽：１小匙
✦刀削桉果：少許　＊沒有可用黑胡椒代替。
✦蛋黃：1顆　✦太白粉：2大匙　✦酒：1大匙
(A)✦水：1200g　✦酒：100CC
✦若無龍肉可放四個高湯塊。

1 在攪拌好的肝醬裡加入薑末和蔥花，並以鹽和桉果調味。

2 將蛋黃和太白粉混合勾芡，加入酒除臭。

3 按照喜好的大小將肝醬捏成丸子狀。

4 將(A)煮沸以後調成小火，放入丸子烹煮。
＊若是煮沸水會變濁，所以煮個20分鐘即可。

5 多餘的丸子燜煮10分鐘左右，固定形狀之後，即可烤來吃。

◉龍肉炒孜然

材料〔１大盤〕

✦龍肉250g（酒、醬油、味醂各1大匙，揉合後放置片刻。）
＊沒有龍肉可用其他肉類代替。
✦太白粉：１大匙　✦青椒：５顆　✦洋蔥：１顆
✦紅蘿蔔：1/2條　✦龍油(沒有可用橄欖油代替)：適量
(A)✦大蒜、薑：各10g（磨成泥或切碎都可）
✦孜然：２小匙　✦鹽：１小匙　✦青辣椒：２根

1 先別開火，放入龍油之後再加入(A)，以小火翻炒，直到香味溶入油中為止。

2 將醃好的肉裹上太白粉。

3 以肉→蔬菜的順序加入翻炒，最後以鹽調味。
＊若再加入桉果會有麻辣味，只加孜然也可以。

食譜協助＝佳餚　三佐和

Special thanks

高橋正敏、真並紗樹子、寺山晃司（以上講談社）
山下昇平、向山美紗子、川戸崇央（KADOKAWA）

參考文獻

《ドイツ薬草療法の知恵　聖ヒルデガルトのヒーリングレシピ》
森ウェンツェル明華著／キラジェンヌ出版

《ドイツ修道院のハーブ料理：中世の聖女、ヒルデガルトの薬草学をひもとく》
野田浩資著／誠文堂新光社出版

國家圖書館出版品預行編目資料

空挺 Dragons / 桑原太矩原作；橘もも小說；王靜怡譯 .-- 初版 . -- 臺北市：臺灣角川，2020.05
面；　公分 . --（角川輕 . 文學）

譯自：小說 空挺ドラゴンズ
ISBN 978-957-743-771-6（平裝）

861.57　　109003550

輕文學 Light Literature

空挺 Dragons

原著名＊小説 空挺ドラゴンズ

小　　說＊橘もも
原作、插畫＊桑原太矩
譯　　者＊王靜怡

2020年5月25日 初版第1刷發行

發 行 人＊岩崎剛人
總 經 理＊楊淑媄
資深總監＊許嘉鴻
總 編 輯＊呂慧君
編　　輯＊溫佩蓉
美術設計＊林慧玫
印　　務＊李明修（主任）、張加恩（主任）、張凱棋

台灣角川

發 行 所＊台灣角川股份有限公司
地　　址＊105台北市光復北路11巷44號5樓
電　　話＊（02）2747-2433
傳　　真＊（02）2747-2558
網　　址＊http://www.kadokawa.com.tw
劃撥帳戶＊台灣角川股份有限公司
劃撥帳號＊19487412
法律顧問＊有澤法律事務所
製　　版＊尚騰印刷事業有限公司
I S B N＊978-957-743-771-6